好欢喜

黄永武 著

九州出版社
JIUZHOUPRESS

图书在版编目（CIP）数据

好欢喜 / 黄永武著. -- 北京：九州出版社，2023.4
　　ISBN 978-7-5225-1670-7

Ⅰ.①好… Ⅱ.①黄… Ⅲ.①小品文－作品集－中国－当代 Ⅳ.①I267.3

中国国家版本馆CIP数据核字(2023)第025015号

i.中文简体字版©2022年由九州出版社在中国大陆地区出版，不得于台湾、香港、澳门及其他海外地区销售贩卖。
　　ii.本书由洪范书店有限公司正式授权，经由CA-LINK International LIC代理，九州出版社出版中文简体字版本。非经书面同意，不得以任何形式任意重制、转载。

好欢喜

作　　者	黄永武　著
责任编辑	王　宇
出版发行	九州出版社
地　　址	北京市西城区阜外大街甲 35 号（100037）
发行电话	(010)68992190/3/5/6
网　　址	www.jiuzhoupress.com
印　　刷	北京盛通印刷股份有限公司
开　　本	880 毫米 ×1230 毫米　32 开
印　　张	8.125
字　　数	135 千字
版　　次	2024 年 3 月第 1 版
印　　次	2024 年 3 月第 1 次印刷
书　　号	ISBN 978-7-5225-1670-7
定　　价	58.00 元

★版权所有　侵权必究★

目　录

辑一

谁是有情人	003
生活的哲思	007
有趣的情歌	010
谈吐高雅	014
天人合一	018
玄奇的气	021
太和之气	024
及时行乐	027
知足之乐	030
人生三乐	033

九　喜	036
成仙不难	040
占卜不如修身	044
谈灵气	047
谈元气	050
谈隐士	053
隐士的贤内助	056
谈心灵的提升	060
爱庐的一日	064
山　居	067
山是活的	070
买山容易住山难	073

辑二

平凡是幸福	079
闲	082
忙与闲	085
宜	089

静与宜	092
心与肾	095
福与慧	098
享与养	101
扉与镜	104
感与应	107
心与境	110
拥有与享有	113
有趣与有味	116
天堂与地狱	119
有限与无限	121
多情与无情	124
旷达者	127
雅俗之辨	130
雅而实俗	134
俗极反雅	137
生活中的小火花	140
爆竹的联想	143

船的哲思　　　　　　　146

茶是涤烦子　　　　　　149

心定自然凉　　　　　　153

福由赞叹生　　　　　　157

印证孤独　　　　　　　161

独处时分　　　　　　　165

再谈享受　　　　　　　168

辑三

旅游的趣味　　　　　　173

瑞士与《易经》　　　　177

小镇复活　　　　　　　181

加拿大所见　　　　　　184

雨林巡礼　　　　　　　188

游黄石·念蓬莱　　　　191

诗仙堂的沉思　　　　　195

看京都，想咱们　　　　202

南天四奇　　　　　　　210

大洋洲印象 220

德国一瞥 226

欧游观感 234

养老之乡 245

辑一

谁是有情人

谁都希望自己是个有情的人,谁都不希望自己变成无情的人。

谁是有情人呢?该是对周遭的花开花落能关心的人吧?"人若无花人不乐,花若无人花寂寞",明白活在世上,人与花是息息相关的人,是有情者。东风把花吹开了,又把花吹落,万紫千红过眼就空,总有一点感伤吧?所以我欣赏清人邵陵的诗:"少日情痴解哭春,夜闻猛雨辄伤神",在暴雨的春夜,为落花而"哭春"的情痴,是多情者。有至情者必痴,痴情最真。有一天这少年头发白了,世故深了,天机浅了,"如今老去知无谓,不作通宵不寐人",雨夜落花全不关心，只管自家安眠的时候，便和东风一样无情了。

谁是有情人呢？该是有热力爱心向周遭扩散的人吧？我欣赏和尚释澹归的诗："思君若冬日，不衣人自暖"，一想起他就教人觉得温暖、希望、快乐，像冬日里扮演太阳的角色，夏日里扮演长风的角色，人人想依靠亲近，不愿违离，必是有情的人。望之如秋风苦雨，冰霜棱棱者必然无情。

谁是有情人呢？该是在机械刻板的物质世界中带点灵明禅趣的人吧？在斜日无言、残花欲语的气氛里，能领略出啼笑之外的禅味，惊觉这是一个处处有情的世界，必是有情的人。我欣赏清人叶钢的妙语："深于禅者，可与言情；深于情者，可与言禅"，这大概就是"无情不成佛"的道理吧？他认为和美人在一起，淡然相对，而感到一片香夋世界中，都是拈花妙谛，具备这种高品味的禅思，才是最多情的人。

谁是有情人呢？该是有骨气的人吧？真情是由骨气诞生的，所以英雄总是有多情的本能。我欣赏明人陈涵辉所说："彼有其骨，乃有其情"，多一分骨气，增一分真情。有骨气的人敢担当，守正义，讲诚信，明廉耻，才可能是有情的人。天下无骨的人，阉媚逢迎，首鼠两端，所以墙头草必然是无情的人。

谁是有情人呢？该是不忮不求，不苛责别人的人吧？少一分竞轧的心，才多一分喜爱之情，我欣赏白居易的八个字："与物无竞，于人有情"，面对万物没有杀夺的心机，面对别人没有苛刻的念头，心怀洒洒荡荡，甚为快活，自然是有情人。而一心充满敌意，和别人比这比那，只求自己打拼要赢，所谓"鄙夫争一身，身外匪所计"的人，必然无情。

谁是有情人呢？该是明白"情""欲"之间分际的人吧？寡掉一分欲，才能多一分情，所有的欲都是贪自己便宜，待别人菲薄。而多欲的人，只求满足私欲，所以一定薄情。我欣赏清人法式善的印章："寡欲多情"，欲是心之蔽，多欲则慧光不开，寡欲则心常明莹，明莹的心方能天机活泼，灵妙有情。

谁是有情人呢？该是常常回忆而有历史感的人吧？在今天折旧率奇高，一切淘汰快速，全成明日黄花的时代里，还有人愿意回忆，对历史因果念念不忘的人，必然有情。我欣赏清人许星箕的诗："情乃由忆生，不忆故无情"，和一个不肯回忆、只看眼前黄金势利来决定交谊浅深的人，还谈什么有情呢？肯回忆的人一定珍惜历史，所以我又欣赏清人张裕钊的诗："贤圣去我已千载，手把遗编阁且开，惟有多情天上月，苍茫曾照古人来！"望着这照过古人又照今人的明月，明白历史的传承，千古一脉，肯读古人书，省识古人心，对青史上多少可爱的人，如晤面相对，记忆常新，才是最多情的人。

生活的哲思

　　生活里的点点滴滴，萦绕着无限的哲思，食衣住行，日常的细节，都可以触发灵机，就看你是否善于观察，善于譬解。

　　有人从炒菜的油锅里，领悟出"君子与小人"的道理，油的滑腻浓稠是小人，水的清白恬淡是君子。水可以使不洁的归于洁；油则使洁的变成不洁。君子群里投进一个小人，就像滚水中滴进一滴油，水可以默默容纳油，但水归水，油归油，乃是和而不同的；若是小人堆里投进一个君子，就像滚油中滴进一滴水，油是激搏爆溅，绝不相容，非把水炸到两败俱伤，是不肯罢休的！所以从水与油里，可以觉察君子小人相处的情状。

有人从劈柴之中，领悟出读书做事的要诀，读书不能尽选些软熟轻松的东西来读，做事也不能畏避困难棘手的问题去做，读书要"攻坚"，做事要克服难关，才有成就感，就像劈柴时，不遇到盘根错节的结节硬块，就分辨不出哪把斧头是真正可信的利器！

有人从维护住屋里，引发出做官的哲理，即使只住一天的旅驿，也要有整修墙屋的度量，居于官职，就像轮流住旅驿一般，不能说明天就会走了，一切大小事，都因循地交由后任去料理。宇宙本来就是大旅驿，但每个人要自许为"归人"，而不要天天只做"过客"，不计较寄宿的短暂或长期，住宿一天也要修补好用品与屋漏，如此才能革除因循苟且的自私念头，张之洞有诗说："叔孙居官舍，一日必葺墙，想见无所苟，岂论暂与常？"这道理还不只是做官当如此，人生本该如此，活一天就得做好一天的工作。

有人从梳洗打扮里，体味出才人高士的寂寞，以领会处世的哲思。梳洗打扮，只求随着自己的脸型个性，做适宜的化妆，显出个人特有的俏丽就可以了，所谓"随宜梳洗莫倾城"，何必弄成倾国倾城，绝世独立，教人难以相配，以至自惜娉婷，直到年老不嫁呢？高士的行为太高则毁谤丛集，才人的才思太美也忌刻丛生，都与倾国倾城一样的寂寞，倒不如随宜梳洗，少戴昂贵的首饰，少展矜贵的姿色、平易近人，教人可亲，才不致垂老迟暮而不嫁呀！

人人心头原都有这一点灵犀，触事生悟，妙应无穷，只是一朵指头大小的棉花，就塞满了耳朵，一点灰尘大小的渣滓，就眯住了眼睛，生活里的美景与音乐，便无法见闻、无法感应了！唉，生活的耳目多么容易僵化与封闭，有人是终生沉沦在幽暗死寂中，谁肯在碌碌凡庸的生活里，善保这份虚灵，时时彻照着一线不灭的灵光呢？

有趣的情歌

文学毕竟是要以趣味为主的,所以"正经八百"写成的煌煌大著,不见得有人爱读,而一些轻倩隽永的作品,反而流传广远。我记得唐子西曾说:文章该学司马迁,六经是不可学的。司马迁文章的好处是什么呢?他说:"司马迁敢乱道,却好;班固不敢乱道,却不好。"唐子西的话有点古怪愤激,其实乃是真切有理,主要是司马迁的文章能掌握住了趣味。

最近我读明人陈子龙的文集,厚厚的二十四册,前面有十几篇序在捧他,后面附了百家评语也在捧他,有人说他"游思流畅,不废儿女之情;深怀孤出,动有风云之气"。

我细读他的文章，觉得那些序记论檄中的所谓"风云之气"，实在没什么出色处，在二十四册长篇累牍的文字中，只有几首短小的"儿女之情"的情歌写得还不错，主要是：这六十个字还有点趣味。

江中帆阿那，
四面各相宜，
欢是东西风，
不专为侬吹。（懊侬歌）

"欢"是男方的你，"侬"是女方的我，你如果是风，我就是那帆。江中的帆很多，彩色缤纷，婀娜多姿，你往东吹，往东方去的帆便神采焕发；你往西吹，往西方去的帆就顺风得意。唉，我发现你竟是一回东吹，一回西吹的风，你在讨许多艘心帆的欢喜，却不是专为我吹的，能不令我苦恼吗？

大艑十丈帆，
小舠三尺桨，
侬欲追送欢，

江潮不能上！（估客乐）

你是有着十丈巨帆的高舸大艑，我是只有三尺木桨的扁舟小舠，你可以长江大海，志在十方；我只能回旋方塘，静守一曲。我想为你送行，追随着你的浪痕，然而江潮起落，波涛壮阔，现实的差距令我遥遥地怨叹，我如何能追陪得上呢？

蛛丝语蛱蝶，
自有相牵处，
只愁不飞来，
那得还飞去？（读曲歌）

我是株守在一方的蛛丝，只能静待与相思；你是飞动的蛱蝶，可以任情地来去。我希望有一次被你相牵动的机会，这机会多么困难？一百次、一千次，来来去去，望着你矫捷的身影，一闪即逝，只能愁苦地等呀等，再等你也不肯飞来，一旦你飞来了，惹在我的丝丝思思上，魂牵魄动，我还会让你随便飞走吗？

我们不必指斥"趣味主义"是肤浅鄙俗的，司马迁的文章的确专找有趣的题材来扩大渲染，这几首情歌所以远胜其他雕绘繁缛的文章，就是"有情趣才有文学生命"的一个证明。

谈吐高雅

有一天乾隆皇帝忽然心血来潮，问左右说："天下以什么东西最肥？什么东西最瘦呢？"

早期满洲的大臣以粗家伙居多，抢着回答说："最瘦的是豺狼，最肥的是猪羊。"

乾隆帝转过头来问张京江道："张蛮子，你认为呢？"当时皇帝喊南方人都称为"蛮子"。

张京江回答说："我以为最肥的是春雨，最瘦的是秋霜！"

乾隆帝愣了一下，嗟叹良久，说："这才像宰相的话，我们满洲臣子哪年哪月才能赶得上呢？"乾隆帝感触良深的，就是谈吐高雅的震撼，喊别人"蛮子"，事实上呢？谈吐中正显示出文化素养上的落差。

今天我们台湾百姓，锦衣玉食，金屋香车，几乎人人做得到，最大的缺憾是在周身珠光宝气之余，依然言谈无味，品味低下，一开口仍然是贩夫走卒的腔调，连上层社会也还有误将黄色笑话的秽臭当作有趣的幽默，毫无秀逸的想法，这可真是心头挥也挥不走的无奈与隐痛！

要谈吐高雅，先得增进文化素养，必须学养俱佳，见多识广，心中不俗，才能舌灿莲花。这不是仅靠口才训练、交际大全就能济事的，平时多读书、多思想、多学习，至少要从四方面多砥砺：

要有抛弃人云亦云的创造力。

注意把话说到流俗之外，常能自树一格，跳出人云亦云的老窠臼。别人都说"哀莫大于心死"，你来一句"哀莫大于心不死"也许更创出新意。别人都说"牛郎织女，一年只见一夜"，你来一句"世上一年等于天上一日，牛郎织女其实夜夜是佳期呢！"这不是在鼓励你多唱反调，而是要创点新意。用"佳期"当然比用"春宵""幽会""做爱"高雅些。

要有激发会心微笑的幽默感。

幽默是适时适地适情适景所表现的机智,有时是自嘲,有时是警动,以博得一粲。有人问你喜滋滋的在乐什么?你来一句:"抱歉呀,我发现最糟糕的告密者竟是我的脸!"有人的车子被满街示威者堵住,你也不妨幽默一下:"上帝幸好住在高高的天上,不然,天堂的门窗天天会被抗争的人潮砸烂了!"

要有善用带点诗意的联想力。

诗的语句是最容易将语言的锋刃亮出来,教人刮目相看的,张京江的回答就是根据诗意。古人的谚语里,也常运用诗的联想比拟,变成生动的语言,譬如"做了泥鳅,还怕弄污了眼睛?""已有的钟不打,又去从头炼铜?"都是值得学习的诗意联想。

要有敏于发现优点的鉴赏力。

先培养自己多从好的一面去看事物的习惯,因为高雅的谈吐,总是称赞多于讥刺,西方人说:"语言是思想的衣裳",思想高尚,才能从平凡寻常中体味出优点美处,加以欣赏。譬如说谁是高人?"噢,上床便睡,定是高人!"譬如说净土在哪?"噢,闭门读书,就是净土!"譬如说为什么老谈过去?"噢,享受回忆的快乐,就是加倍活了第二次,这才是真长寿!"多用欢喜的心情说话,消弭怨恨之气，多用洒脱的想法说话，增添自在之乐，眼光含有悟性，随处具成美景，胸中稍存云气，嘴角常带花香，必然谁都爱听你说话，而且风雅万分！相对的，专喜挑三拣四的人，言谈一定没趣！

天人合一

　　最近有几位中学的语文老师，打电话来问同样的问题，说"天人合一"这四个字在口头都快说烂了，但究竟是什么意思？要怎样向中学生举例说明？真是难，中国有许多道理，不问时还清清楚楚，等到细加追问时就迷迷糊糊了！

　　简单地举例，人身就是一个小天地，血脉肌理是大地，精神意志是上天，人生有时风日晴好，春意欣欣；有时雷雨晦冥，秋气肃杀！七尺之中，寒燠温凉齐备；方寸之间，喜怒哀乐迭换，自成一个四季交替的天地。这小天地与宇宙大天地，同样有屈伸消长之理，学者能从切身的体验中，明白与天地有一致的屈伸消长的变化，也可以领会出"天人合一"。

譬如天是最刚健的,君子懂得效法这刚健,就自强不息。地是最稳实的,君子懂得效法这稳实,就厚德载物。又如果懂得"天与山"合为遁卦,产生抽象隐退的意思:天在上,行健而能退,山在下,形高而能卑,天肯退、山肯卑,都是人情中最难做到的,当然能忍人之所不能忍,从"天山遁卦"中领悟出自然的道理,就是做人的道理。又如高山如果肯隐藏在地中,那就成了"地山谦卦",从这"山高肯藏"的自然景观里,也可以领悟出"屈躬下物""先人后己"的谦谦君子,永远是最吉祥,最得人缘的,自然道理与人一致,也是"天人合一"的观察法。

再则"物我一体",也是天人合一的证明,有人从《本草纲目》一书里,各种草木都能成为人身的药物,草木可以救活人,领会出物我休戚相关的道理。《庄子》书中"大化流衍"的互转,佛经里"地水风火"的合散,以及今天讲环境保护中所谓"生态平衡""自然反扑"的原则,更可以明白物我休戚一体的道理,其中也可以窥察天人合一。

王阳明领悟出"一日便是一元",认为人凌晨醒来,心台清明,正是太古气象,与俗物交接以后,就世风日下,所以一天的生活,即是一部世界文化演进史,一日的旦暮,就是宇宙从洪荒到毁灭。这个想法，也寓有天人合一的观念。当然孟子说"天听自我民听"，从人心中窥见天意，也是天人合一。

司马迁《史记》所谓"察天人之际"，他认为夏代的政治注重内心的忠诚，太讲究质厚的忠诚，结果有了鄙野的流弊，于是殷代的政治注重礼敬，太讲究礼敬，结果又有了鬼神机祥的流弊，于是周代的政治注重人文，太讲究人文，结果又有了细碎轻薄的流弊，于是又必须重回到悃诚忠厚去，才能救这流弊。这种"三王之道若循环，终而复始"的千年大道理，是天理循环，也是人世风俗的循环，天理的简易原则与大势，即是人情的简易原则与大势，明白这"天人之际"的关联，也就是最微妙的天人合一之理了。

玄奇的气

中国文化里,最神奇,也最具有与众不同特色的,就是爱谈气吧?孟子谈养气,已经够玄,宋儒大谈理与气,很少人不堕入五里雾中。文学艺术家爱讲"气韵",当然抽象,养生修道者谈气功,舆地家、星相家那还用说,望气哩,金陵有王气,刘邦头顶上有天子气,成五彩的龙虎气,玄奇极了。

各家说的气,有生理的,有艺术的,有玄灵的,有哲理的,好像都不同类,但总归来讲,都是属于生命力强弱邪正的展现吧?展现在画面上是生动的气韵,在文章里是清刚的气骨,在养生上是健康的气色,在风节上是浩然的正气,在望气术上也许就是人际魅力的威望与气运。

明末的胡承诺认为"气"在人生的日常行事中，也有很大的作用，善自调理"气"，发挥"气"的各方面功能，对事业的成功有很大的帮助，他在《绎志》一书中说：

人一日之中，有四气焉：有清明之气，有盛大之气，有坚固之气，有专一之气。

人在一天之中，有四种气在流转，这种说法好新鲜。大概是早晨起来，头脑清新，有一股清明之气，一切美好计划开始行动，同时充满着善意。这股气：是非分明，析理精当，用来"穷理"也就是决定要往哪个方向做，最有用。上午精力充沛，有一股盛大的气，料理万事，安顿万物，行动迅捷而机敏。这股气：内涵丰硕，接触面广大，用来"博物"也就是广施业务，最有用。下午事务将妥，有一股坚固之气，许多事已经有美善的着落，事务也探讨出适宜的途径，这股气用来"持论"也许是需要坚持执行吧，收获是可以预期的。晚上收山回府，有一股专一的气，可以凝思安神，蓄藏不露，也可以做反省检讨，或休憩调理。这股气用来"致思"也或许是凝聚生命力，培养下一步的动力，来创造新机运，最有用。

其实所谓"一日之中"，也不必机械地分划成早晚四个时段，每一股气的起始消长，运作过程也是如此的。胡承诺为什么有这种想法，我猜他是受了《易经》乾卦有"元、亨、利、贞"四个阶段的影响，清明之气是元，盛大之气是亨，坚固之气是利，专一之气是贞。人身是一个小天地，所秉的气和天道一样地循环着，这也是"天人合一"理念下的产物吧？

再推而广之，原来人的一生，由青少年、壮盛之年、中年而老年，所秉的气也像四季一般运行，有人就形容青少年童稚的意气，像春天的云，轻逸而和畅；壮盛之年的意气，像夏天的云，奇浓而叆叇；中年时的意气，像秋天的云，浮淡而清爽；老年时的意气，像冬天的云，昏冷而玄冥。一生的四季也在做"元亨利贞"的运行，谁能善用每个时段的气，认识生命力强弱聚散的变化，各有适宜的做法，让四季呈现各不相同的美景，谁的一生中就多彩多姿，各阶段都有着成功的机运了。

太和之气

大陆上闹大水灾,气候失调。台湾有时天气也不正常,在亢阳祈雨之后,竟然霪潦成灾,农田泡汤,这种阴阳不调,就不是"太和之气",太和之气是"均沾皆足",彼不过多,此无不及,五风十雨,阴阳的分配都恰到好处。

每年的阴晴雨量大致差不远,只是分配得平均,就成太和丰收之岁,集中得悬殊,就成水旱灾害之年。中国人从天地阴阳的道理中,领悟出人生也是个小天地,同样有阴阳调配得平均与悬殊的问题,阴阳调和的人心平气和,万事舒泰,阴阳失调的人暴雨酷霜,万物损伤,这也就是《易经》要特别强调"中正",中正,便生太和之气。

太和之气

人各有长处，长处一旦失去"中正"，即过或不及，竟变成短处，就像清高太过的人就损害仁，和顺太过的人就损害义。圆融的人，阴柔多，就容易乡愿；坚持的人，阳刚多，便容易拘泥。秉性光明的人，阳气多，容易浅露；秉性沉静的人，阴气多，却容易阴险。劲直的人，阳刚也多，容易任情；精细的人，阳刚也多，容易苛察。如何发扬长处，补救缺失，少动肝火，不溺私欲，使性情中正，喜怒中节，才合乎太和之气。

谈"太和之气"，又讲什么"阴阳"，年轻的朋友或许会嗤笑的，不过宋明的理学，真的把心与身的关系，看作天与地的关系。人生的小天地中，心是天是阳，身是地是阴，指挥身的是心，效命心的是身，依据"心体便是天体"的道理，一念之慈，和风甘露；一念之严，烈日秋霜。把天地阴阳屈伸消长的变化，从自我身心上去体验实证，使身心上生出太和之气来，就是最健康舒泰的生活。换句现代的话来说，阴阳调和的太和之气，便是"身心健康"呀！

曾听说一句古话："百忍堂中有太和"，认为家中的"太和"是从百忍中诞生的。这"百忍"的道理，应该就是懂得"节制"，天道寒了换燠，燠了换寒，晴了换雨，雨了换晴，天道中的气温或湿度有其一定的节制，才成为太和之气，不节制便立即成灾。人情如果喜了求更喜，怒了求更怒，不知节制，伤于急暴，必然有违于身心的健康。

有了节制，就能"不争"，天地间的人物情事，各有分量，各有等差，不必齐等，而能各安其位，这种"四海无争，各尽其才"像百卉齐荣的景象，就是太和之气，也就是理想中的"平天下"。中国人不喜欢讲什么"物竞天择"，而喜欢欣赏"万物自得"，人若能效法天道，像春天涵养万物，欣欣各备生意，所谓"天在人身春在木"，人心中总有喜神，像天地间总有和气，中正而和平，便是充盈着太和之气。

及时行乐

虽然经济低迷,但是饭店餐馆仍然熙熙攘攘,座无虚席,鳄鱼燕窝,早已供不应求,只差象皮豹胆,还没有研究好烹调的手艺。餐馆的老板娘一面擦汗,一面喜洋洋地说:"这年头嘛!大家都看开了,有好吃的就吃一点……"这种"及时行乐"的想法,有人说是核子僵持下苦闷的发泄,曾经传说火星要和地球相撞,全世界也疯狂地享乐过一阵。其实及时行乐的念头,一逢乱世,自然盛行,不一定和宇宙末日有关联。在古代,最早主张"恣意尽欢"的是管仲,接着鼓吹"乐生逸身"的是杨朱,所以孔子骂管仲道:"管氏而知礼,孰不知礼?"孟子骂杨朱说:"是禽兽也。"骂归骂，纵情穷欲的说法，极易动摇俗人的心旌，孔夫子孟夫子板着脸说教，能有几分效果呢？

倒是《诗经》里有一首劝人"及时行乐"的《蟋蟀》诗，对于一些过分节俭而又不知道及时自娱的人，同情他们，鼓励他们去行乐；对于已懂得及时行乐的人，却提出三个能获得真正快乐的原则，作为享乐的指导。这三个原则是："良士瞿瞿""良士蹶蹶"和"良士休休"。

想及时行乐，第一要瞪大两只眼睛，"瞿瞿"然随时顾及做人的准则。有人会怀疑这样做，岂不又落入"惜名拘礼"的窠臼，泥守着硬板的道德框框，还谈什么及时行乐？其实人生的真正快乐是和谐，并不是任情极性的放肆自由，唯有守着秩序的自由，才能获得和谐。试看抢银行、吸毒品，到头来只有泪洒法庭、血洒刑场。恣情于口耳的惬意，陶醉于声色犬马，小则堕志衰形，大则丧身败家，那时才知道随时顾及做人的准则，才是和谐快乐的基本保障。

想及时行乐，第二要动作敏捷，办事勤快，"蹶蹶"然求高度的工作效率。有人又会怀疑这和及时行乐有什么关系？事实上，办事拖泥带水，个性懒散犹豫，只要有三封信还没有复，就缠得他心烦虑乱，百事无力，这种人如何能及时行乐？他既不能从工作效率中获取价值感，使自己信心十足、神采飞扬，又不能从热诚于工作的付出中，得到精神上的回馈，去享受工作余暇时的满足感，老觉得做又不甘心，不做又缠人得紧，玩既玩不尽兴，烦心的事老没个完，就算他去餐馆里拼命吃东西，能填补精神的空虚吗？花钱只能暂时抚慰一下自卑无聊的生活，哪能长期快乐呢？

想及时行乐，第三要找到安心立命的所在，使人生的目标与价值有所安顿，"休休"然有一颗以行道为乐的心。这里所谓乐道，并不是沾着迹象的仁义教条，而是对自己奔赴理想的一份快意。无论从事哪一行，首先要看得起自己的工作，不必专去设想一些可忧的事来困扰自己，更不必"做一行怨一行"地激怒自己；这样就算去留心某类笨拙的昆虫，去研读一本最冷门的古书，也可以自创出一个乐趣无穷的绮丽世界，任你逍遥翱翔一辈子。《诗经》提示的三原则，顾及做人的原则，使我们和谐而安全，能敏捷勤快并使我们做事受重视，有安心立命的目标，结果自我能充分实现，所获得的快乐，不是单吃鳄鱼燕窝就能比得上的。

知足之乐

近年以来,家有千万储蓄,乃至家有亿万财物者,比比皆是,然而真正快乐的人,不多见,主要是嗜欲无穷,贪念不息,很少人肯想一想,现在的时空,已有多满足。当我在清人刘廷玑的《在园杂志》中读到一副对联:

只如此已为过分!
待怎么才是称心?

觉得"只如此"中,将现在的富贵安乐,写得十分满足,谦退地想一想自己的才短德微,有"如此"的享用,已经很过分了。"待怎么"三字中,将未来的痴心妄想,写得这般无益。认真地思考一下,除了自身能懂得知足之外,人何时才能称心满意呢?把这两句话作为座右铭,才不致被无穷的物欲牵制得忧愤满怀。古人说过:"知足即为称意","富莫富于知足",知足,才能享用眼前的乐事。

人的胸怀,减少嗜欲才会纯净,一起贪心便增百丑。从前明朝李太后的父亲李伟,是瓦匠出身,因为女儿贵为太后的缘故,被封为武清伯。这骤来的富贵,却使他贪欲无餍,常向太后请求赏赐,有一天李太后赐给他一个竹箧,封缄得极牢固,李伟以为是重宝,欢喜地打开一看,竟是一把瓦匠用的泥水刀!教他回头想想那段做瓦匠的生涯,这泥水刀像一面镜子,让他照见久已忘记的自己,从此他的贪欲才稍见敛戢!

今天西方的消费文化,主张强化欲望,以欲望带领自己向前冲,冲向成功。这种理念,仿佛与中国传统的知足观念有点冲突。然而物质是有限的,人人卯足全劲求取自身的盈满,求取自身的矜贵,不得不在争夺中牺牲别人、利用别人、践踏别人。古人曾说:"人生有三不祥:曰盈曰矜曰争!"今天贫富差距愈来愈大,争夺剧烈,唯金权利益是图,不正是社会脱序不祥的痛苦由来吗?

所以提倡知足之乐，乃是当前社会对症的良药。知足不是自满，而是对人生的"需求"与"欲求"知所分辨，物质的"需求"既已满足，应向精神生活去开拓，若再放任"欲求"的追逐，欲海无边，溺死在欲中的人，远比溺死在海中的多，跨海可以不溺，而纵欲断没有不溺的。只有适度的知足，才会长保快乐。

再则知足也不是自限，德业学问尽管你去策励思齐，没有自限的道理，只对"歆羡富贵"的心，自己该有点节制，不然，一味歆羡自身所没有的部分，会对已拥有的部分，产生怨怼心；一味迫促地求成功，会对眼前的现实，产生厌弃心，未曾获益就先受害，真是何苦呢？

人生三乐

活在这个世上,每人对苦乐都有不同的标准,所举列出来的乐事也不会一样,有一位不显眼的古人,列举了人生三乐,看来稀松平常,却给我颇大的震撼,他是明代的陈益祥,他在《潜颖录》里说:

但得居常无事,
饱暖,
读古人书,
即人间三岛。

好欢喜

这三件乐事,便是人间三个仙岛!想想他真是天下第一等聪明人、便宜人。能够无事悠闲,闲来可以读读古人的书,闲来可以与好友聊天,闲来可以东逛西游,一切生活情趣都是以悠闲为出发点,而他无事悠闲,还能饱暖,不打不拼,心清无虑,物质生活与精神生活都无虞匮乏,满足于己,无求于人,仙人也不过如此乐吧?

早先就有人说,人生有三愿:愿识尽世间好人,读尽世间好书,看尽世间好山水。这三件乐事当然快意称心,但要识尽世间好人,就得求好人也愿意与你结交;要读尽世间好书,就得求珍本、秘本、善本,别人肯借给你读才行;要想看尽世间好山水,就得求资金足、身体好、余暇多才行。况且自己不是英杰之士,如何能友遍天下之士?自己没有颖悟的资质,如何读得通人间罕见的奇书?自己缺乏那份灵与逸,又如何赏得尽世间的名山胜景?所以这三个愿望很难满足于己,更难无求于人。

据说孔子见荣启期活得十分快乐,问他快乐的缘故,他也说了人生三乐:"万物中人最贵,我是人,一乐;男尊女卑,而我是男人,二乐;有人夭折而我已将九十三岁,三乐!"

他的三乐,完全是乐"天命"。为人、为男人、为九十岁的男人，这三乐，都决定自天，而不决定于自己。天赋给他什么，他就安分随缘，悦情适性，不贪慕什么奇书逸史，不计较什么饱暖丰啬，心淡泊得一点艳想都不生了。

记得年轻的时候，我们都向往着孟子的三乐，他说：父母俱存，兄弟无故，一乐也；仰不愧于天，俯不怍于人，二乐也；得天下英才而教育之，三乐也。随着年岁的增加，与人世沧桑的经历，发现要父母俱存太难了，总是"子欲养而亲不待"，想教育天下的英才也不容易，别人肯聘你去一流学府任教吗？只有不愧不怍的自宁之乐，自己还勉强掌握得住。

仔细想想，本心的"不愧不怍"，才是一切快乐的基础，因为只有坦荡荡的人，到处皆是乐地；而长戚戚的人，触目皆成愁场，境遇的顺逆愁乐，全在人心的喜嗔明暗之中，陈益祥、荣启期，乃至孟子，无事之乐，恬适之乐，天伦之乐，所有的人生乐事，又愧又怍的人是必然享受不到的。

九 喜

情绪低落的时分,假若能想想自己已经拥有了多少乐事,就可以消解怨愤,喜不自胜了。

明末的丁雄飞,躺在榻上静静地想,想自己为什么逍遥快乐?把快乐的原因记下来,共有九件,叫作"九喜"。

一喜　多藏书

二喜　闺人习笔墨

三喜　不能饮

四喜　不能弈

五喜　为世所弃

六喜　得名师

七喜　携眷属居山水间

八喜　无病

九喜　年未五十，家务尽付儿子，翛然世外

多藏书——自古至今，都在书里，读秦汉书，人就活在秦汉，读六朝书，人就置身六朝，说寿命可以据书而上下展延千百年，并不是空话。步入晚年的人，书房乃是最佳的隐退去处，汤文正公在家书中写道："家中书籍，用心收着，我回家赖此延年。"书是延年长生的灵药。

闺人习笔墨——有了男女平等的想法，家庭自然和乐，闺中多接触知识，各方面生活水平才可能提高。

不能饮——酒常引聚一些不必要认识的无聊人，而多饮的人常有一条烦人的舌头，再想想"酒桶底朝天，朋友各东西"的谚语，实在乏味。

不能弈——"一局又一局，输赢争不歇"，下棋容易生出竞争心，胜了别人，别人以为耻，输给别人，自己生闷气。而且下棋愈慢，人生消磨得愈快。

为世所弃——乱世中容易疏离世俗，也为世俗所疏离，为求疏离，不沾边比沾边以后再摆脱要容易些。所以陆放翁在家训里希望子孙"勿露所长，勿与贵达亲厚"，身处乱世，浑涵不露英气，不广泛应酬，以被弃为自得快乐。

得名师——遇名师就像进入宝山见宝,不会空手归来。

携眷属居山水间——人在山水间就多寿,山水的赏心悦目,再加上贤妻骥子,是上天最优厚的赐予。

无病——人的第一幸福当然是健康,古谚说"穷人没病半富,富人没病半仙",温饱有余而健康,就是地行仙。

年未五十,家务尽付儿子,翛然世外——翛然是无牵无挂,人还未老,早些交棒,进退绰绰,是人生最好的气象。

在丁氏之前,来瞿塘也写过九喜,身在太平盛世吧?列举的九喜就不一样:一喜生中华,二喜逢太平,三喜为儒闻道,四喜父母兄俱寿考,五喜儿女婚嫁早毕,六喜无妄,七喜寿已逾六十花甲之外,八喜性简淡宽缓,九喜无恶疾。

当时中华文明仍是举世无匹,硕德伟望的人不少,适逢太平,没有乱离伤痛,太平年代是非分明,读儒书只闻诗书大道,不闻杨墨邪说,多快乐!加以堂上骨肉团圆,膝下儿女成家,在人世没有遗留下不了的顾虑,才是真正全福的人。常言道:"尊敬父亲的人往往长寿。"所以自身也六十开外,身无痼疾。健康长寿大抵是通过简淡节欲而实现的,他性向如此,喜与家人同乐,自然事事可喜。

来氏九喜中最有特色处是"无妄",因为人常妄想自己高出别人,自我膨胀后,反而觉得天地间无处可以安顿了,

九　喜

人能觉悟欺妄自己次数最多的，就是自我，真不容易。

若问我的九喜是什么？大半和前人相似，只是今日眼界更宽，不限于生中华、读儒书了。我说：一喜妻贤，二喜子骏发，三喜环游世界，四喜精力用不完，五喜钞票不虞匮乏，六喜心中佛光常饱满，七喜桌上新书园里新花，八喜不吸烟不饮酒不咖啡，九喜亲朋往来没有钱财搅乱。

成仙不难

成仙很难吗？当然是啰。你看神仙的故事：像李卫公，手中只有一滴水，翻云覆雨之间，平地上就降了水深及尺的豪雨。又像左元放，手头只提一斗酒、一束肉，却能使一万人个个酒脯餍足。再看谁都听说过的"山中方七日，世上已千年"的故事，想成仙人，谈何容易？好像仙家的本事，就在"以少变多"，满足人人的愿望。至于快乐无穷，长生久视，则是人人所企望不及的。

我却说"成仙不难"，是因为透过古来许多诗人的慧眼，认为学仙只要靠平易的生活就可达到。试着品味他们的警句吧：

成仙不难

"学仙胡为难?第一在割爱!"爱是沉溺人的地方,爱名爱利爱色,学仙的难处,就在心中眷爱的事太多了,哪一样割舍得下?"一身之外,止是浮云",说来容易,做到就是仙人。相传吕纯阳有火龙真人的天遁剑法,这剑法不是争胜夺魁的兵器,而是"一断贪嗔,二断爱欲,三断烦恼"的。凡人做不到"断",就学着"割",学着"放下"。令人醉心的快乐,要能放下;私心隐秘的痛苦,也要能放得下。"非全放下,终难凑泊",这是学道成功的秘诀。

"一身兼福慧,何必羡神仙!"有好母亲,比考上三所名校更有福气;有好妻子,比结交一百个好朋友更有福气;有好儿子,比做了十任大官更有福气。如果你有这些福气,且智虑敏慧,可以读书赏艺,该是神仙羡慕你,不是你去羡慕神仙。

"人生能淡即神仙",甘心淡泊的人,品格自然高,淡以自持,常使此心清明不乱。淡的人,不因"新"而有所喜,不因"旧"而有所厌。心泰然而无所不足的人,才能淡。淡的人,不生羡想。内心清明而一无所羡,就是仙人。

"一日身闲一日仙",功名富贵,道德责任,并不能束缚人,人自己去求束缚罢了。一生担负太重,费神而劳心,有一天能歇息肩膀,享受荫凉,才体会出"心闲一日,便是便宜一日"的神仙趣味。

"老有精神便似仙",荣利是世人竞逐的场所,聪明人处身不要占肥缺,职位不要求荣贵,但使自己精力充沛,好学不倦,到了不知老之将至的忘我境地,自然成了"地行仙"。

"适意即千秋",成了仙人,也不过是随兴所至,快乐无边而已。仙人的蓬莱阁并不在昆仑高山上,也不在苍茫云涛间,"莫向高丘望远海,人生乐处即蓬莱!"谁把握人生适意快乐的时分,谁就是神仙。

"情关打破判仙凡",有神仙根器的人,与有豪杰血性的人,往往是多情善感之辈。任你豪杰神仙,哪个不从相思风情中走过来,撑过来?所以有"豪杰簿上写相思,神仙眼里滴红血"的诗句,"情关"是难渡的,熬过了"儿女情深,鸳鸯绮语"的情关,然后出现魂安梦清的仙境。

"郎自牧牛侬自织,不归天上亦神仙!"强渡情关成仙人,也很累很苦,何不在情关上就成情圣,岂不更妙?就在凡世,你牧牛,我织布,不汲汲于富贵,不戚戚于贫贱,只知道合力同心,亲卿爱卿,"人当少年乐,花是及时好",那么何必等到成了天上的牛郎星织女星,有待鹊桥相会,才算是仙人呢?

读了这些分别仙凡的诗句,仿佛都教我们"以多变少""化浓为淡",与想象里仙人能够"以少变多"的世俗愿望恰好相反呢!说成仙不难吗?也很难呀!

占卜不如修身

台湾这几年来求卦算命的风气真盛,所谓"世乱鬼神尊",大局虽没有乱,人心却乱得迷茫,所以凡是听说谁算的命准,卜的卦灵,无不门庭若市,而敛财之徒混迹于命相占卜的行伍,常获致暴富而妻妾成群。

其实命相占卜的基本原理,就是劝人积德悔过、自创前程。《易经》乃是一部"教人迁善改过"的书,如何适时适位,动静不失其时位,保持"中正",就能趋吉避凶。汉代的命相权威严君平,他占卜极应验,所用的方法就是"每依卦辞,教人以忠孝",借着求教者的诚意,教你修德向善,自然事事大吉。鬼神在哪里?就在你心里,对自己的心有几分畏惧敬慎，不欺不乱，鬼神没有不护佑你开启新局的。佛教有"忏罪除障"的方法，原理也是一样。

最近我读到一本占卜的书，叫作《潜虚》，可能是宋代司马光晚年所写，书没写完就去世了，张敦实替他补完。《潜虚》是模仿《易经》而写，就像汉代扬雄模仿《易经》写《太玄经》一样，占卜的方法不相同，但精神上仍沿袭《易经》"教人迁善改过"的宗旨，它把"卦"叫作"行图"；"爻"叫作"变图"，"象"叫作"解图"，行、变、解之中，都是些精美的简短格言，可说是汇集人生经验智慧的大成，占卜书原来是一部修身的书，这也正证明"占卜不如修身"这句话。《潜虚》一书中妙语很多，随手举几则来欣赏：

割臂斫足，易之金玉，其肌不属

说斫断了手臂脚骨，即使换上金的玉的，肌筋是无法连属的。这在比喻割舍了亲情，损失最大，外人再好，也不会像亲人那样心脉相连，外人能真心对你好吗？

驱蝇去饭，毋使污案，逐之勿远

赶走了饭碗上的苍蝇,不许它污秽桌上的食品,但赶来赶去,苍蝇是不肯远扬的。这好像是说除恶务尽,不能只在表面上应付一下。也好像说没有拔去根本的诱惑品,仅在枝节上折腾,往往徒劳无功,稍稍停止驱赶,苍蝇必然再来。

刀斧棶器,先必就砺

以刀子斧头去斫击器物之前,一定先要把自己磨砺得锋利才行,人必待自治而后可以治人。

先春布谷,虽劳不育,忍以俟时,若迟若速

春天还没到,就去布下谷种,再勤劳也长育不了秧苗。你必须忍耐地等待时机的到来,在等待时,你好像比别人落后了些,其实善于掌握时机"恰好"的人,才是比谁都要快速的人。

拿这本占卜书来作为修身书,一句一句细读,也许就是解祸改运的指南针了。

谈灵气

"娟秀的身材，一头乌溜溜的长发，散发着灵气！"

"又大又深邃的眼睛，充盈着灵气！"

现代的男性，都把"灵气"用来形容令人着迷的女孩，有灵气的女孩，仿佛是格调最高、最教人心仪的了。但是灵气究竟是什么呢？很抽象，很难说明，像是一种特殊秀慧的魅力，又像一种飘逸出尘的仙气。但它不属于板重庸俗的德性范畴，更不是周身的束装打扮所能营造设计的。

从字面上探索，"灵"是一种机敏而带点神奇杰出性，多少有些不可思议的特质。简单地说，就是慧悟的境界。

"气"是自然生命力的焕发，是个人神采、风姿、器宇再加上趣味的综合体。简单地说，就是美趣的世界。

我们感觉一个人灵气充盈，就是他能兼备慧悟的哲学境界与美趣的艺术境界。灵慧而具有风神，秀骨而带有颖悟，这才是诞生灵气的源头。

孔子门下的高足很多，而只有曾点的志向，使孔子大加叹美，曾点的志向是：暮春的天气，穿上了新的春装，与一群朋友或晚辈，到沂水去洗澡，然后在求雨坛的树荫下乘凉，吟咏着诗歌回家！当时子路的志向是治理大国，冉求的志向是民阜国强，公西华的志向是推广礼乐！但孔子特别欣赏曾点。

我认为：别人的志向未尝不好，只是权在人家手上，你想去求未必能求到。而曾点的志向，所求只在日常生活中，"道"在自我的掌握里，可以随求随得，因此胸襟悠然而从容，连孔子也叹美道："我赞成曾点的！"

曾点的志向另有迷人的一面，那就是充盈着美趣与灵悟。穿上新制轻巧的春服，乘凉歌咏，这画面已够美，何况其中没有需要"求人"的人欲，因此不会有"得丧"与"毁誉"的顾虑，纯然是天趣的流露。"浴于沂"有什么快乐？很多人要到汗流浃背，仍不准宽衣松襟，才领悟到；"咏而归"有什么快乐？很多人要到有话不准说，有表情不敢表露才领悟到。所以曾点所述的志趣，正表现出超群的灵气。

透发灵气的管道很多，譬如有人认为：宁可做有瑕的璧玉，也不做无瑕的顽石，这种"摆脱世故"的念头，就蕴含着灵气。

当许多人在赞美紫藤花的媚艳时，有人却想到：不知它的根柢要多深，花才能如此美？这种"别有会心"的领悟，也蕴含着灵气。

当许多人在收藏古玩，炫耀珍宝时，忽然有人做奇想，想去挖掘北极雪山下贴着地面一尺处的古雪，那该是"盘古氏元年"的制品，任何珍宝古玩都别想比得上，这种"高视物外"的想法，当然更蕴含着灵气！

谈元气

电视的中药广告里一再出现"补足元气"的字样,好像人人都懂了,但"元气"究竟是什么呢?不问则已,一问则人人迷惑了。

唐朝时的柳元度,善于摄生,年高八十余,步履轻快,别人问他养生之道,他说:"我的'心田气海'永远是温暖的,不轻易大喜大忧,哀乐适中,从不在喜怒时耗动元气!"所谓元气,大概是指人的根本精气,心定气平,身体安和舒泰,不受到大刺激,就是善于保全元气,心理压力大,必然耗弱元气。换句现代话来说,大补元气,或许就是增强免疫能力;大伤元气,或许就是免疫系统被损坏吧?

谈元气

然而中国人谈元气，还不限于个人血肉躯体的保健，常入于精神气节的境界，元气不仅是医理，更成了德行。譬如说个人的"心术"也是元气的根本，天机灵活的人元气完足，心机阴深的人元气衰泄，朱熹说"机深祸亦深"，正指心机深沉的人大伤元气，祸在眼前。所以个人心术的"持正"，节义的"纯刚"，都是元气浓凝不漏的表现。

中国人的元气，也常常指整个家庭而言，古人认为：愈是富贵之家，愈要有"浑朴"的子弟，才能保存元气。穷子弟虽然一面砥节砺行，一面愤世嫉俗，已经消损元气。如果子弟们年纪轻轻，太懂事，而流于"尖薄"，不向进德修业上发展，只问利禄，只表现小聪明，这个家庭已经注定元气大伤。元气就是浑厚质朴，大凡尖薄、媚儇、嚣激、沽名钓誉、招摇摆阔，都会坏了元气。

中国人讲元气，更有指一个国家而言，认为保全国家和保全身体是同理的。人的身体必须气血流通，才没有壅痤疮瘤，才能运旋顺畅，每一关节为我所使，每一器官为我所用，元气流注，身体才精明强固。而一个国家也必须使大众的意见沟通而不塞，大众是谁？就是千千万万的匹夫匹妇，浑浑噩噩，混混沌沌，毫不迂回，毫不嗫嚅，任它率性偶发，出于人心的自然，而合乎天理的正道，这些纯朴的愚夫愚妇的意见，乃是国家元气所荟聚的地方，这些意见不是大官巨商所能劫夺，不是宣传欺骗所能蒙蔽，却是国家赖以不亡的元气。因此宋儒真氏曾说："公论，国之元气。"

国家元气不在财政赤字，不在战争武力，而在公论，这确是中国老祖宗高明之处。元气否隔不贯通，人体就痿痹；公论湮郁不伸张，国家就衰亡。公论就是民意，民意就是人心，所以宋代的俞文豹说："为政以人心为元气"，得人心的众誉归之，元气就翕聚；失人心的众谤归之，元气就耗散，元气抽象而不可知，可验知的就在人心吧？为政若不从民意，多用私心，不讲诚信，多用权术，人心就浮动不安，元气就会渗漏了！唯有顺应人心民意，才是补足国家元气的好方法。

谈隐士

近年来常接触两种人，一种热心于政治，趁着社会愈乱，愈想做官，无论民选或官派，到处钻营，所谓"图官在乱世，觅富在荒年"，样样脱轨的年代，发财机会大，烂羊头也容易封公侯嘛！另一种则冷眼看政治，社会愈乱，愈想移民，大国移不进，就选个小岛斐济、马耳他，只想避乱去做"隐士"吧！其实"隐士"并不是如此容易当的，隐士在中国传统价值中有很高的地位，他必须有救时的才华、砥世的品节，议论风采都是一流的。权贵临门造请，根本就高闭门户，他不爱虚名，不爱黄金，精神卓然高超，才算"隐士"。若是庸庸碌碌者去隐居，只是个世俗的逃兵、山林的野汉与海外的难民或拓荒者罢了。

古人说，隐士有三种，一种是受山川的感召，成为淳清之士；一种是受园林的感召，成为奇雅之士；一种是受风气的感召，成为迂放之士。真正的隐士，乃是坐藤床、抚竹几，胸中潇洒，忧闷不生的。乃是听鸟叫，赏野花，心地清闲，烦热不生的。隐士想"隐迹"已不容易，要"隐心"就更难，心淡下来不生"艳想"，欲寡下来不生"竞心"，只在幽林清泉里，伴着苦菊寒梅，寻出天趣，悟出达观，过那安分随缘、悦情适性的生活，才算做到了"隐心"。陶渊明为什么特别爱菊花呢？菊花"淡而能久"，正是隐士的典范。

后代对隐士的说法越来越多，有所谓"天隐"，是到天下哪里都能隐的；有所谓"地隐"，要寻对幽僻的地方才隐的；有所谓"人隐"，是混迹在人海，隐身在众人堆里的；更有所谓"石隐"，孤守着自家砚台的；有所谓"杯隐"，沉醉在自家酒杯的；有所谓"仕隐"，只混口饭吃，公务毫不关心的……白居易有诗说："大隐在朝市，小隐在丘樊，不如作中隐，隐在留司间。"白居易的中隐，大概和"仕隐"差不多。要我想，隐士应该是餐霞乘雾、恣意来往的人物，如果被世情所牵，连"隐迹"都做不到，要谈"隐心"自然更难，什么"市隐""仕隐""中隐"，都是替放不下俗世的人，开一扇方便之门的说辞罢了。

隐士是难做的，太平盛世做隐士还容易，乱世做隐士就难；平庸一些的人去隐居也还容易，真有豪杰血性的人去隐居就难，太平年代，做官有做官的尊严，隐居有隐居的乐趣，鱼在深渊鸟在云，各适其性，天下自然大治。乱世则做官不像做官，隐士也无处隐居，所谓"风林少宁翼，惊浪无恬鳞"，谁都是"不得已"，那就乱极了！

我不想做官，也没有条件做隐士，但在当前这滔滔风尘中，如何能不昏了倦眼？不乱了脚跟？天意茫茫，还不知"所止"何方？只有以静坐读书作为立脚的地方，古人说过："静坐自无妄为，读书即是立德。"读书不至于陷溺，静坐不至于妄为，无德可立，姑且读书吧！无功可立，姑且静坐吧！没有渔樵的山林池壑，就在书本里享受"纸上渔樵"；没有盘桓的桃源田园，就在静思中享受"眼水心山"，"隐迹""隐心"都做不到，只有想想陈继儒的那副对联："闭门即是深山，读书随处净土。"

隐士的贤内助

中国人向来将隐士看得极高尚，甚至连天上少微星座的第一颗星，指名为隐士星，可见敬仰之至。但是谁想过：隐士必须有贤妻的协助，才能遁入深山。做隐士的妻子，忍饥耐寒，终身在蒿芦之下生活，才能让隐士成功，这种心胸见识与毅力，比隐士更高雅绝俗。

从前吕徽之隐居在溪谷里，穷得连衣服也不够穿，天冷时夫妻俩只有一件破棉袄，只好轮流外出。有一天寒流压境，一位朋友去敲他家的门，徽之的妻子躲在木桶里，伸出头来向门外呼叫："吕郎到溪上捕鱼去了！"

想想看，如果没有这样的妻子配合，谁能长年高隐在深谷里？隐士自己可以不喜荣华，不买衣裘；自己可以不喜奔竞，不多交游，但实际生活问题谁来承担？如果没有一个也甘心岩居穴处的妻子，一同去过采药钓鱼的生活，很难终身做烟水鹿鹤的邻居。

从前梁鸿以节操高尚闻名，特别选了个力气大的女子为妻，妻子初嫁来时，是盛妆着的，梁鸿对新娘要求说："我希望娶一个穿布衣的妻子，可以一同隐居到深山里。"鸿妻立刻换上工作服，并说："我可以完全配合你的志愿。"梁鸿大喜。过了一段时日，妻子反问梁鸿道："你不是要隐居避患吗？为什么没有动静了？难道已改变主意，想低头俯就职位了吗？"梁鸿二话不说，就带着妻子隐入了霸陵山。

想想看，隐士们枕山栖谷，可以与白云比高洁，可以与松竹比坚贞，有一股精神支柱，所以身有所托，心有所寄，但他的妻子要完全配合他的志愿，面对着荆棘芜旷，依然安居忘贱、谢绝世事，不怨别人有余，不怨自己不足，迁就他先生高蹈以成名的志节，而忍受一生的枯槁贫乏……

传说老莱子在蒙山南边隐居耕作，楚王去拜访求见，老莱子刚答应可以见面，他的妻子却大声反对说："吃了别人的肉，就只好接受别人的鞭打；拿了别人的官禄，就只好接受别人的刑罚，你愿意受别人的制服，我却不愿被别人制服！"说罢就丢下畚箕出走，老莱子只好不顾楚王，一路追赶妻子，到另一个山谷去隐居。

想想看，隐士的第一原则，就是求适志，把不能适志的事，都看作溺心悟首的陷阱。但难得的是夫妻俩有同样的适志想法，且妻子比隐士更坚定更高超，不以柴米琐事来掣肘先生，安于荆钗布裙，在利禄劝诱下更表现出不可屈的志气。

从前庞公隐居于岘山，数年不到繁华都市去，但夫妻俩相敬如宾出了名。荆州刺史刘表去请他，他不应召，只好亲自去山野看他，见庞公夫妇在耕耘，就劝他说："隐士只能保全一身，为什么不出来做事，可以保全天下呢？"庞公放下了锄头，回答说："鸿鹄也只求自身有个栖宿之处罢了，天下哪里是我能保全的呢？"刘表又劝他说："你也该为子孙想想，穷乡僻壤，留什么给子孙呢？"庞公就说："身处权贵，留危险给子孙；身处深山，留平安给子孙，留的东西不同，不能说我没留东西给子孙呀！"这时刘表看庞公的妻子，自管自一直扶犁耕去，连听话都懒得听，只好叹息离开，不久庞公夫妇就往更深的鹿门山中隐去……

想想看，山栖的胜事，很容易被一个营恋的念头所打破，变成让人嘲笑的"终南捷径"。隐士要维持一生淡泊无求的高格调,把荣华看成敝屣,终日逍遥于松叶岩石之间,没有贤内助的支持,是很难有始有终的。所以自古隐逸的高士,一定要有贤妻,才可以入山,这话一点不假。

谈心灵的提升

心灵的提升、心灵的改革,最近成为一种紧急的呼声,在宗教、政治、学术、社会盲乱成一团棼丝之时,大家发现一切病根在于人心的堕落腐烂,于是心病想求心药,以图起死回生。

心病要怎样治?其实宋明以来的儒者,都以毕生的实践,探索过一些药方,归纳起来,不外乎"敬、静、不争、清、淡、退、忍"八个字,下面用最简短的例句,说明他们的思想,不知对现今社会还有多少用处?

此心常见在(王阳明)——心在就是敬,无一刻不在就是至诚无息。而要心常在,就不能让物欲所锢蔽,杂入物欲，此心就时在时不在了。

事神不如事心（林芳）——心在神就在，舍心而求神，敬心之外哪里还有神灵？

以己为严师（张横渠）——圣人并不在遥远的国度或古老的年代，不出门就有好老师，最好的老师就是自己的良心。

以上谈"敬"，"敬"是使一切德行会聚持久的第一步。

心动神疲（千字文）心定气平（薛敬轩）——说话随便是心的浮荡，做事嗜速是心的浮躁，心剧动者六神无主，心宁静者安和舒泰。

照管此心，无事若有事，有事若无事（苏浚）——无事时兢兢然不教心落空，有事时坦坦然不教心散乱。

所守者静，虽不常有福，但常无祸（孙汧如）——妄行的人，刚受福，不久就受祸；刚立功，不久就获罪。

以上谈"静"，"静"是凝聚自身生命力量的好方法。

一争两丑，一让两有（吕得胜）——有利益可攫取，就常忘礼义；有职位可进身，就常忘廉耻，凡见事功可争，常入权谋斗争的丑境。

多权者害诚、好功者害义、取名者贼心（二程粹言）——只争取自身有利，往往损害别人，也容易堕落自己的心性。

良心丧而民趋迷，民趋迷而公论淆（崔铣）——如果"爱拼才会赢"成为人人的信仰而不讲是非，结果必然是"人欲流而何所极"，全是争权夺利的场面。

以上谈"不争"，"不争"教我们多克己，少争胜，晁说之认为："一心争胜，连枯木朽株都将成为眼前仇敌。"

多营累心，多藏累身（徐祯稷）——贪多务得的人，机心复杂，财多身弱，最后压垮自己，也败坏社会。

心多散乱，清净难期（陈荩）——富有富的散乱，穷有穷的散乱，清才是每个人守持牢固的方法。

正心、存心、洗心，去人欲尽之矣（魏象枢）——清除人欲，是提升心灵的不二法门。迷于人欲的，像醉酒的人，人不堪其丑，而醉者自己不晓得。

以上谈"清"，"清"的要务在去累，陆九渊所说"内外无所累，自然自在"，就是清的境界。

学吃亏、淡嗜欲、习劳苦，求福弭灾之道（魏禧）——妒心、名心、争心、不淡下来，总难以消灾。

快心事来，处之以淡（陈荩）——看穿爵禄财货只能荣身，不能荣心，不必为快心所惑。

以上谈"淡",嗜欲淡了,心才不为形所役,不做物欲情欲的奴隶,心才能成为自由的主人。

忍耐是处境第一法,安详是应事第一法,退让是保身第一法,涵容是待人第一法,若将富贵、贫贱、死生、变常置之度外,是养心第一法(吕坤)——忍耐、安详、宽容、视富贵等如浮云,都从懂得退让培养出来。

君子难进易退,小人易进难退(黄瑜述古语)——君子守道寡欲,所以易退;小人逞才无耻,所以难退。

以上谈"退","退"是退守着道,把祸福得丧看透,不是逃避。

唯忍足以治心(沈茂德)——治心要用忍字,治事要用恕字,克己要用平字,服众要用公字,四者以忍为本。

大其心、平其气,天下无难处之事(潘府)——能恕能容,功夫全在忍。

惟其难忍也,是所贵乎忍之也(沈茂德)——忍贫贱容易,忍富贵就难;忍威武容易,忍柔媚就难;忍怒骂容易,忍讥刺就难。愈难忍愈见修炼的境界。

以上谈"忍","忍"不是冷血懦怯,而是热血熬炼,忍可以战胜命运,何况其他?忍保全祥和之气,为社会造福。

爱庐的一日

陶渊明说了一句:"吾亦爱吾庐。"哇,真迷人,明朝就有人把厅屋叫"吾爱庐",清朝也有人把居室叫"爱吾庐",而我也自然而然地把这山中的柴扉野屋,叫作"爱庐"。

爱庐有小楼,清晨醒来,半山的云雾,刚巧在檐角上横过,树顶的小鸟,恰好在窗槛外对谈。你用不着听懂鸟鸣中有急促、闲适、戏乐的含意;你用不着辨出弥漫间是雾气、云霞、烟霭的不同,就在那似怨、似嗔,如唤、如语的婉转鸣声里,全心都是喜悦;就在那或浮、或沉,若聚、若散的霏微沉冥中,满眼都是美景。

上午文章写倦了，出去舒舒筋骨，汲来半瓢山泉，注进花瓶里去，再上山去锯一枝姿态横生的松条，采二茎倒卧在地上的野菊，松的青劲和菊的瘦艳，插在瓶里，俊绿娇黄，真是幽人佳友，成了绝配。坡地上野菊不少，我不愿多摘，一方面要体味"随取随足"的缘分，为天地惜福；一方面也要记取前人"得趣不在多"的妙境，贪多务得就很俗气。屋角多了这瓶插的一景，可以坐卧观赏，任情想象，从离骚的"夕餐落英"到归去来辞的"松菊犹存"，在有限的景物中，正开启无限的古典趣味。

下午是读书的时间，等到一有倦意，就抛书而起，上山去望望，这时秋色正浓，芒花全开，鹅黄茜紫，浮在一片深绿之上，可惜南国少见鸿雁掠过，辜负了半空的蔚蓝。可能有人会说："山色总是一般，单调而古板，值得日日相对吗？"噫！太不懂看山了！同样是雾，雾有浓淡；同样是秋，秋有深浅；同样是阳光，阳光有旦暮；同样是山友，山友有雅俗。更何况四季轮换，阴晴不定，花树开谢，友朋往来，于景于心，变应无穷，每一回都不会重复，所以看山是永远不会厌倦的！古人说过："游山如读书，浅深在所得。"每个人在山中获得趣味的深浅，像读书一样，是随着本人资质学养的深浅和品味的高低，大不相同的。

山中有新辟的路,路旁常有连根挖起的树或竹子,我常常捡几株叶色还鲜活的,带回爱庐来。爱庐的小园早种满了花树,就把新带回的竹树,种向园外的荒地,认真地掘地灌水,妻常笑我闲事管得太多了,我也笑笑,在这深山中,还分什么篱落内篱落外?是我的是他的?只要眼神所及的地方,都是畅怀惬意的所在,都不算是"管闲事"呀。

至于爱庐四周的景色,我想还是不描绘的好,许多朋友都不会相信文学家笔下的渲染,什么"柳汀花岛",不过是一条小溪嘛!什么"翠嶂云屏",不过是一座荒山嘛!什么"瑶草仙葩",不过是一个小园子嘛!教朋友们车马奔走,远劳往返,会增加夸张的罪过。不过,相对着红尘喧嚣、身心污染的世俗,这种夸张形容,也可能是情之所钟、别具慧眼、独有灵悟吧!如果整天营营扰扰,满眼戈矛,世界上根本没有芳园名卉,没有安身之地的。有福的人,知足无求,到处都是仙境,那么即使你说爱庐的清静快乐是"珠宫蕊宇",也不算什么夸张了!

山　居

　　都市里空气污染、噪声扰人，加以人潮汹涌、脚步迫蹙，就有不少人想要逃避，去向往山居悠闲的生活。不过现代人的山居，大都是偶尔郊游露营度假几天罢了，游山容易，住山就难，而山的真正妙味还不在游山，而在住山，游只是客，住才是主人，做了山的主人才能安下心来享用。

　　山居的生活，以溪涧的水声滋养耳朵；以青岚的草木滋养眼睛；以丘峦间逍遥散步培养脚力；以林下庐舍中的静坐调息，培养精神，如果还能弹琴写字、读书谈理，更可以滋养灵魂了。

　　山居的逸人，虽比不上快乐的神仙，至少神仙数下来第一等快乐的就是他啦。你看他啸傲烟霞，形神超旷，加以读好书，观造化，有时候月旦人物，嘲笑古今，似乎也有惊人的"权力"！

不过山居也有困难的地方，明代的陈益祥在《采芝堂集》中说："居山易，山友难；山友易，山妻难；山妻易，山童难。"倒真是经验之谈。

因为自己安于藜藿，甘于劳苦，处身深山，倒还容易，要朋友也到这人烟稀少的地方来寻访就难了；朋友偶然来涉足探视也还容易，要妻子跟着辛勤寂寥一辈子，那就难了；妻子分内注定要同住在山中的，也还算容易；要别的童仆也不羡慕红尘的繁华，终身守望着寂寞，就更难了。

陈益祥的意思，说明一个人要求自己比较容易，要求别人就难，要求疏远的人更难；要求短时间容易，要求长时间就难，要求终身不慕喧哗热闹，当然更难。

不过我倒觉得山居最难的事，并不在要求别人如何，难的在于自己是不是真具有那份烟霞傲骨？必须有这烟霞傲骨，山川才显出艺术性的气韵，横生灵趣。不然每天与山林泉石晤对的樵夫牧竖也很多，樵牧那样蠢蠢不灵的人，在山林泉石中怎会有形相的美感与神仙一般的乐趣呢？明代的王绂写樵夫诗说："采樵虽云劳，览胜尤足娱。"以为樵夫虽

山　居

经高险深迂的山径劳苦，但是能饱览山水胜景，就足够娱乐了，飞泉从林梢泻下来，好鸟在丘隅上唱歌，歌声追逐着天风，身子也与闲云一齐飘啦，得失都不计较了，还分什么贤与愚？我读了他的《山樵》诗，禁不住想笑，真有得失贤愚都忘怀的灵性与逸兴，还像个樵夫吗？恐怕山居的难，就难在这点"灵"与"逸"吧？

山是活的

当我读到翁同龢的诗"眼光到处山俱活",又读吴历的诗"草堂四面山如活",噫!清代诗人眼里,山是有表情,有生命,活生生的东西!

在艺术心灵的观照下,山是活的,不仅触目所见是琳琅珠玉,更有应接不暇的风韵变化。你看,山乃是一匹马,臃肿丰腴的山,是一匹廏中的"肉马",而瘦簇像春笋般的山,就像一群神骏的"骨马",寒可积雪、高可摘星的峰峦,是踏雪马、是戴星马。古涧叠石,千岩万笏,那是马的虎脊、马的龙文。有人去游黄山,发现竟是一匹"爪齿棱棱,眉目俱竖"的行空天马!

山是活的

你看，山乃是一位美人，美人适合在水上看，在月中看，在花下看，在酒边看，山也正是如此。晓色初开，烟雨霏霏，是美人隔着珠帘，朦朦胧胧地打开镜匣在梳洗吧？薄暮时云帷初卷，彩霞满天，是美人盛装遥对，可望而不可即吧？当你看清了树木交荫是眉毛，小潭黛碧是眼睛，花是衣香，鸟是说话，山一定会让你钟情。最可爱的是山影在半雾半霭之间，心意在若有若无之间，有人暗暗地心喜着说："我见青山多妩媚，料青山见我应如是。"这是与美人"目成""心许"了吧？

山实在也是个长寿的菩萨，你每天以烟云花果供养着，它可以涤除烦苦，破除孤闷，降低毛躁，迎来宁静，所以山居的人长寿，游山的人延寿，连每天在纸墨间运作的山水画家，也个个长寿，安享大耋，山真是个布施寿命的活菩萨！

时至今日，在环境保育的科学眼光中，山更活了，还时时呼吸着！山是氧气的泉源，吐出的氧气层挡住了紫外线的杀伤，生物才得以从水底繁衍到陆上，山林吐出的芬多精，是生物享受森林浴的美宝，山是以空气呼吸的。

若从水土保持的看法去观望，鸣泉的奔驰，与地下水资源的循环，洪水的调节，与树林蒸发的循环，噢，每一刻钟，山是以大量的水呼吸着的。

若从自然生态的循环来看，某些树种的撒播，要靠天然的雷火来完成，生态保育中居然不可或缺雷火烧山的设计，像松树的树种，就是靠燃烧的过程中撒播种子，每亩撒下百万的树种，成为再生的资源，火后的林地，更加青翠荣茂，噢，山是以天然雷火为呼吸的！

山既是活的，谁忍心让山光黯淡，水族悲号？要勤加呵护培植，同时，你更须黾勉自己，江山大地是有待于人物为其胜景的，山川壮丽，不能没有英雄豪杰挺生其间，不能没有才子佳人吟啸其间，地灵培植人杰，人杰也彰显地灵，青山依旧在，几度夕阳红，青山白水原来是以千古的风流人物为其呼吸的！

买山容易住山难

随着台湾经济的繁荣、生活的优裕,大众在消闲方面的需求,日甚一日,最明显的,就是郊外别墅群的兴建。一位住台中的朋友,也到金山乡附近添购了别墅,问他为什么别墅购置得如此远?他说假日开车,畅快心神,不跑个两小时,好像养匹千里马,只在操场上打转,不过瘾。

别墅群的兴建,象征着糜烂的都市夜生活将展开新貌,把酒色财气的注视力,转移一些到山水花鸟上去,将是国民生活品质开始提升的转捩点。然而许多在郊外添置别墅的朋友,都遇到了相似的困境:一开始兴头热,邀朋呼友到别墅打麻将,不久事务忙,嫌路远,每月一次去别墅沦为打扫工友，再过一阵，只好雇人看管，没有享用的心情与时间，别墅便变成累赘与负担。再下去，也不请人照顾了，水电煤气，都有了故障问题，于是脚步绝少踏入，野草蔓生，四壁霉烂，别墅就形同废屋。

我常爬山，发现台北四郊任由它霉烂的废屋太多了，可见买别墅容易，住别墅困难，有孩子要上学不能住，有老人不能开车无法住，自己忙事业工作不能住，太太心系股票汇市也不肯住，时时需要酒肉朋友一同往热闹窝里钻，最怕清静，也无意住。这才想起"买山容易住山难"这句诗来，诗中早道出硬件建设容易，软件建设困难的道理。要提升国民生活的品质，只具备买别墅的金钱不管用，必须有住别墅的心情气质，才有用。如何培养消闲的素养，及消闲的心境，才是享用别墅的根本，不然，俗人一个，如何能"会得个中趣"？

消闲的素养，先要革除"所谓消闲，一场麻将"的鄙俗观念。古来以琴棋书画为消闲的天地，每种才艺都是让你一生赏玩不尽的美境，但摹帖、展画、古琴、异书，都得从小培养根柢，有这份高雅的趣味，才能享此类清福。至于赏鸟养鱼、品花试茗、谈玄论佛，更需要灵性雅识，需要对每一件事物欣赏领略的自我教育，才能对着"片月入窗"或"秋草浮烟"，"残雪在树"或"新笋晚花"，对每一景都产生诗样画样的感应，而享用其娴美。

消闲的心境，先要排除"刚买下别墅，就在盘算何时脱手赚钱"的市侩贪念。到别墅去，就是要摆脱功利、效率、炎凉、赚赔、是非、机心……想想"世上财多赚不尽，朝里官多做不了"，让东征西伐最劳苦的这颗心，爽静一下，洒脱一下。心闲下来，寂寞清净成为高贵的享受以后，悠闲真率之中，才有对话艺术的美，才有随意不拘的美，才有家庭亲子的美，才有山水清音的美。

辑二

平凡是幸福

　　我遇到许多前辈，一谈到当年北伐抗战时，回忆中是大风大浪，离奇惊愕的事真不少，待一谈到渡海来台，可说的故事就少了。即使也有可谈的地方，都是谈初来台湾时艰辛困苦的一面，待富足盛平以后，反倒是空白一片，乏善可陈。所以抗战八年有吹不完的故事，来台四十年却没什么可讲的，盛平富足的日子过得太平凡，吃饭睡觉开汽车，脑海里什么也没留下，其实呀，"幸福的夜晚是没有故事的"，日子过得既快又平静，这就是幸福嘛！

　　给朋友写信也一样，提起笔来，总觉得没什么高潮迭起的事件可以告慰远方的知己，然而平平淡淡，流水账般没事足以报道的"无事之家",还不幸福吗?一旦家里出了事,才知平顺没事就是幸福,就像无病之身,不觉得快乐,一旦牙痛骨折,才明白没病时哼一首曲子,散一段步,也就是快乐人生。给朋友写信,一样是"没消息就是好消息",报个"平安",即是上上大吉。

许多人不懂得"无事"的可乐,"天下莫难得于无事",天下无事,虽显不出英雄豪杰的本事,就像一身无病,虽显不出针药良医的特效一样,那就是太平快乐的时光。等到祸乱中豪杰大显身手,恶疾中针药大奏疗效,都已经踩在灭亡的危机边缘,人们或许会羡慕赫赫奇功的建立,羡慕啧啧称奇的妙手回春,其实没功可建的盛平,没病可治的健康,不是比那更幸福吗?仙人出了红尘,佛出了轮回,所谓"大快乐"就是"无事"嘛!

这么说来,平凡实在是很值得庆幸,平凡乃是最普遍的幸福,虽然伟大的精神老是在嘲笑平庸,吾人实不必为碌碌平凡而感到自卑,试看多少叱咤风云的女强人,哪个不在羡慕平凡地生一大窝小孩的普通主妇?多少名列杰出的锋头人物,谁不是戴着墨镜希望在芸芸人群中不被指认出来?

因此人生阅历多固然可喜,人生没什么阅历才更幸福,哲人说:"我爱少女,少女的故事最短。"一个历尽沧桑的美人，阅人多矣，故事长得像曲折离奇的小说，也未必是什么可爱的事。推衍这种平庸才可贵的想法，可以相信"难得之妇不主家""巧妇不可以为家室"的古谚自有其哲理，人生拿娶妻来做比喻，"不必远慕名姝"，为了多几分倾城之貌，咏絮之才，就得付百倍昂贵辛酸的代价，有其可乐的妙处，必有其可累的苦处，不是吗？这就像买个一呵气就有水珠凝结出来的稀世砚台，为了这一项珍奇的特点，就得付万倍于平庸砚台的价格，水珠几滴又值几文呢？买个普通平凡的砚台滴水进去岂不是一样？人能看得穿，就无须为这点好奇与虚荣，落入五色迷离的陷阱中。人能懂得平庸最乐，随其所遇，幸福并不在离奇惊愕之中呀！

闲

有人主张：人生最快乐的事，是聊天。那么假如没有空闲，就只好长话短说，言不尽意，紧迫结束的聊天有什么趣味？有人主张：最快乐的事是睡眠。那么假如没有空闲，难以做到"事了心了"，有时倦眼催迫，有时一夕数惊，摆了闹钟的睡眠有什么趣味？又有人主张：最快乐的事是旅行。那么假如没有空闲，步履匆促，人马喘息，拼命赶码头机场的旅行又有什么趣味？或许还有人主张，最快乐的事是读书有得，是工作有成……其实只要没有闲暇，什么快乐也显不出来的。

既然"闲"是如此重要，但在天地间要找一个身闲心闲的人，并不容易。嘴上常说要闲暇的人，往往是富贵中人，他正被名利所役使着，根本不可能闲暇；而那正在闲暇中的人，又在为找不到适当的工作而苦恼，他被饥寒所役使着，正在诅咒这无聊的空闲呢！

因此我很感谢，刚好落在这贫与富、才与不才的临界点上，这一年多来，充分享到了"闲"的乐趣。如果我再富贵一些，必然为了经营规划、酬应交际，而十分劳扰；我再贫穷一些，必然为了米盐琐屑，奔走张罗，而十分烦苦。我再有才一点，想要在草堂里春睡，茅庐偏有人要来三顾啦！如果再无才一点，生活也成问题，妻子长辈，都会来面前指摘了。我想在二十四小时里，没有浪翻潮涌，守着清闲的一角，不为名利而奔走，不被世味所牵累，享受这清福还真难呵！

"闲"于人生中，究竟有什么好处呢？明人陈荩在《修愿余编》中说："闲可以治心、闲可以悔过、闲可以积功、闲可以向善。"他把闲暇作为修身养性的成长机会，那是由于古人认为世间的一切快乐，都是从"不愧不怍"的内心生出，而治心悔过等，正可以美化这"不愧不怍"的心地。而陆绍珩则认为闲居的快活有五点：一、不与人交接，可免拜送的俗礼；二、整日观书鼓琴；三、随意睡眠起床，一无拘碍；四、听不到世情的炎凉嚣杂；五、能教导子弟读书耕田。这样把闲暇作为避世隐居的策略，甘心于疏懒遗世，当然可以省事清心，也算是役身涉世的苦海中，一个彼岸吧。

不过，我倒觉得空闲的好处，应该不只在消极地给自己忏罪或退避的净土，空闲的好处，应是积极地引导人对生活趣味的开发与领会。清人张英在《聪训斋语》中说：山水花竹，没有一定的主人，谁有闲暇领会它，谁就成为主人。我也说：图书艺文，没有固定的乐趣，谁有闲暇玩味它，谁就享到深浅不同的乐趣。生活上的细节，处处是诗家的境界，时时是禅家的机锋，必须有了闲暇，才能澄神涤虑，把生活的情趣一一妙悟出来。所以说：一生之中，唯有闲暇的时光是金色的！

忙与闲

上天的安排很奇妙，大到如鹏鸟，经营的空间极大，一飞三千里，够它劳苦的。小到如蚂蚁，狩猎的范围很小，回旋往来，也够它忙碌的。在人世间，有的豪杰如鹏鸟，有的庸人如蚂蚁，无论豪杰与庸人，无论是为天下万世在盘算，或为一己私利在打拼，几乎个个急忙得如火烧，想找个身心悠闲的人，还真不容易。

所以俗语说"偷闲"，难得的"闲"是从匆忙的劳生中去"偷"取的，"偷得浮生半日闲"，必须是个机灵巧慧的人，灵性还不曾完全被物欲所埋葬，他能用巧取密伺的方策，向繁忙匆剧里，扒手一样的，偷来了半天的空闲，回到山水林木的清华天地，重温一场烟波之乐、晚霞之乐。然而"天下能偷闲者少，世间自讨苦人多"，懂得偷闲而笑呵呵的人不多，多的是劳碌忧愁自讨苦吃的。

从前就有人问智舷上人："人生世间，总是忙多闲少，怎么办？"上人回答得好："忙闲并没有定位，善处其间，忙时也就是闲境；不善处其间，闲时也会是忙境。"所谓善处的人，身忙而心不忙；不善处的人，身闲而心不闲。应付忙与闲，要善于调适心境。

又有人问雪庭上人："烦忙的尘劳间，如何能有闲做功夫呢？"上人也回答得好："懂得做功夫的人，就像秤，随着前来秤的东西而轻重低昂一番，秤完了就完全放下，只要秤锤握在手里，不必拒绝秤物，不必等到有空闲才做功夫的。"

二位上人应付忙闲的策略，都主张"心"不随着"境"转，心能放下，才能获得"一任人忙我自闲"的乐趣，不然"一丝未断，万念纷集"，就整日在尘网中颠倒旋转啦！要心放下，常常得想一想：何必为了别人眼中的荣枯贵贱，逼得自己心里甜酸苦辣一团糟呢？

明人陆宝的《悟香集》中有一首《忙》诗写得妙："鱼鱼鹿鹿总飞蓬，世事如环始复终。一战正酣戈返日，千言不了笔生风。瘃添手口浑非我,白尽头颅尚在公。无数轮蹄争要路,有人冷眼笑山中!"唉,世上人与人相推挤,事与事相勾联,一端未了,一端又起,打拼争辩,弄到手上嘴上生了瘃疮,忘了究竟是为谁在忙?头发白光了,还恋栈着官职不肯下台,当无数的车轮马蹄在抢肥缺抢好位子,只有一双慧眼冷眼,在山中暗暗偷笑呢!由此可以明白:闲的人,可能是高瞻远瞩、大放眼量的人。闲中他自有寄托,自有看法,所以能偷闲而心情悠哉,不至于汲汲惶惶终日,是由于他有广泛的兴趣与芳烈的隐士个性。

清人查善和《东轩诗稿》有一首闲诗写得好:"人贪财货我贪闲,人爱簪缨我爱山。财货止供妻子乐,簪缨空惹友朋攀。闲中日月真消受,山上烟霞少祸患。若比买臣身富贵,且容迟我十年闲。""闲"比财货好,"山"比官职好,财货让妻子快乐,却让平静的人忙了起来。官职让朋友攀附,却让热衷的人发狂起来。哪里比得上闲中的岁月是真享福,山上的烟霞才毫无祸患?朱买臣历尽艰辛后的富贵,在宦场中逢迎打滚,厚颜无耻,就算在波澜迭起中保住了禄位,人冉冉老矣,远不如我十年的休闲生活呀。

闲中享的是什么福呢?曾劝曹雪芹喝酒著书的清代老人

好欢喜

敦诚描写道:

> 荒僻的田野,青松萧萧,白石峨峨,那是闲境。
> 浇浇花,整整草,喂喂鱼鸟,那是闲情。
> 登上高峰看远景,倚着栏槛看波澜,那是闲兴。
> 泡一碗茶,燃一炉香,佛像前插几株花,那是闲心。
> 窗明几净,磨磨墨,临临名帖,那是闲事。
> 北窗下一张卧榻,梦里也全是流水空山,那是闲梦。
> 有闲客来了,谈谈诗文,饮三杯酒,大声说话,那是闲趣。

宜

前次在《静与宜》一文中，说过"生活处世中以'宜'为准则"，虽亦举例阐明，仍觉意犹未尽。其实"宜"是生活美感中的一把尺度，懂得"宜"，才能享受生活处世中的美。

就像柳荫下适宜有牛，草坡上适宜有羊，竹篱边适宜有狗，溪谷间适宜有鹿，茅屋下适宜有鸡，野外麦陇上适宜有雉，花圃园树里适宜有莺。如果一有倒错，牛啃食到竹篱边，羊闯进了花圃间，莺飞占在茅屋上，不适宜就不美。

又像野水烟霞，适宜有鹤；池塘帘幕，适宜有燕；斜阳古木，适宜有鸦；清波朱栏，适宜有鸳鸯；关山片月，适宜有雁；而画楼翠阁，只适宜有鹦鹉。究竟是先由"天心"决定，还是由"人心"决定，无法明白，凡天人相宜处，就是最美。

又如春天的服装宜轻倩，夏天的服装宜清爽，秋天的服装宜高雅，冬天的服装宜艳丽！而在繁花盛放的树下适宜素服，在白雪皑皑的琼粉世界里适宜丽妆。在花下忌浓妆与香水，因为与花争艳，与雪俱淡，都不相宜就不美。

又如读历史书，最宜于下雪天，让人面对莹澈无尘的雪像冰冷的镜子。读忠烈传最好来点悲壮进行曲；读奸佞传最好热一壶烈酒！读诸子书最宜于明月夜，让人在清光下神思远游，读孔孟书最适宜正襟危坐，读老庄书最宜宽袍解带！读神怪的书与山川地志最宜在花竹蓊茸的园林里，才有点缥缈的乐趣，如果只能局限在斗室中，那么适宜点一根蜡烛，增加点幽趣。

如果读佛教经典，最适宜有美人在身旁做伴，以免掉入寂灭的顽空里去；读《离骚》适宜到空山大泽去走走，读诗词那就得看年龄与境遇，才能决定适宜的场地，听雨歌楼上，还是听雨僧庐下，窥日门缝间，还是看月平台上，历练不同，各有所宜的。

这些都是就"艺术的美"来着眼，宜，还有"德性的善"，譬如做人不适宜做久居高位的乡愿，就像墙头的草，高而不适宜，秋风一来，最先枯殒！又做人要恰如其分，才最相宜，过分一点点，就不相宜。就像坐电梯，二十个人都能载，但一点超重，就鸣笛刹车了！又如可以载重二千吨的货轮，超出了一二吨，这一二吨算得了什么，但沉船翻覆，闯祸就在这超载的细微里！

"德性之善"之外，宜，便是"科学的真"了。譬如画家说："远山宜平而无曲，远水宜去而无来。"既是远山，山上棱线的小曲折也成了平直模糊的线，才显得真远；既是远水，就不能潺潺滚滚地卷过来翻雪喷花，最多是洋洋弥弥，连波纹都望不见地流去，这才合于自然的真实。

艺术的美、德性的善、科学的真，合起来成为美感人生中的"宜"，宜也就是真善美在日常生活中的化身呀！

静与宜

静宜女子大学的同学,要我送一句话给"静宜女孩",登在她们刊物上,我想没有比静与宜二字更恰当了,于是我写:"文学艺术以静为妙境,生活处世以宜为准则",我又想,这句话也可以送给天下的朋友,所以再将它做一番诠释。

文学艺术所追求的"静"境是怎样的呢?

譬如画一幅观音大士像,画得像神仙,就嫌缥缈而带英雄气;画得像美女,就嫌轻佻而带脂粉气;画得太福德相,就嫌引人生庇佑的贪念;画出男身而长胡须,可能威猛,就嫌不慈悲;画成千手千眼,手中各执一物,就嫌具象杂沓而太热闹，给人怪而纷纭的印象。画观音像的高手，要让紫竹林中、白莲台上，一片静气肃然，令人一见就自觉蜗角蝇头，忙得好俗！于是万念俱淡，五体投地，真心裸露，不敢隐藏，这才是静的妙境！

画山水也一样，十日一水，五日一石，要蝉蜕尘埃泥滓的碌碌世味，用"天际真人"的眼界胸襟，从寂寞无可奈何的境界去着笔，一点潦草轻率不得。能画出造化之理中至静至深的一面，才可以脱略"火气""霸气""俗气""酸气"，古人主张从"乾坤清气"中提炼的道理，已超乎笔墨家数，也超乎气势韵味，乃属性灵修养的境界，所以前人认为："书画至于成就，必有静气，方为神品。"

文章也是如此，诙谐热闹，总近庸俗。构巧句，出奇想，佳语佳事太多，就有陈售百物的炫目的市井气；把明确的论点化作扭扭捏捏的复杂句法，以妆点自身的高雅教养，总有小家矫情的神色；至于词汇富丽，卖弄雕饰，又像暴发户浑身盛装，反多丑态。而大家的文字，大抵平正无奇，不斗才华，不希荣耀，在平易博厚之中，气静而不见俗状，神安而不见忙乱，像平阔的重器力移不得；像天然的江山波挠不动，这就是气静意平的胜境。

至于生活起居所追求的，就是一个"宜"字，人情礼数,出处辞受,只求个"宜",宜就是合时合地合情嘛!

譬如恋爱宜于少年时谈,到老年谈就是危机,老朽房子最容易着火呀!佳肴宜于饥饿时吃,到撑饱后吃就是糟蹋,山珍海味都成了受罪唷!知心话宜于博雅知己间谈谈,在俗客面前最好沉默,多一句就是自己傻呢!

狂啸宜于独自登台的时候,参禅宜于长期卧病的时候,击剑宜于空山挥愤的时候,而好文章给人欣赏宜于遇到了解创作甘苦的朋友之时。

古器物不宜俗人玩,美酒不宜喧客喝,名花倾城,最不宜沦落不偶!至于写书宜于闲雅的人,做官的人著书,就变成一种潇洒的罪过!而弹琴、临帖、赏花、品茗,只要是清福,都不宜热衷名利的男女。凡事凡人,只求个"宜",你说是吗?

心与肾

很早在西洋文学中,读过一句话:"女人的上半身是上帝,下半身是魔鬼。"当时想想它的含意,上半身有匀圆的乳房,满足了婴儿;甜甜的微笑与温柔轻语,缔造了人间天堂,哪一样不是纯洁的天使?而下半身是情欲污秽,说是魔鬼罪恶,也自有其道理。

最近读到苏东坡的话说:"五脏之性,心正而肾邪,虽上智之肾,亦然!"心正是上半身的,肾邪是下半身的,上正是天理,而下邪是人欲,即使上智的人,下肾也免不了是邪的,这说法几乎和前述西哲的说法不谋而合,但西哲专说女人,不免有性别歧视,东坡则认为凡是人皆如此,连下愚与上智的肾,都一样邪恶,比西哲单单说女人总算要合理公平多了。

不过,就像女人不能没有下半身而只有上半身,人也不能没有肾邪而只有心正一样,心肾二者甚至是相辅相成的,有心没有肾,就成了仙佛;有肾没有心,就成了畜牲;有心又有肾,才构成了人间呀!

就像《西游记》里有了代表"心"的孙悟空,也不能没有代表"肾"的猪八戒;《三国演义》里有了代表"天理"的张飞、关羽,也不能没有代表"人欲"的曹操;《水浒传》里有了率性而为的黑旋风,也不能没有矫揉造作的潘金莲。孙悟空表现的"神"、张飞表现的"气"、李逵表现的"性",这些裸露真实的金刚面目,不嫌他们"乖""暴""率",仿佛血性人都具有了仙骨,处处教人喜爱。但是那代表人欲贪婪的猪八戒、曹操和潘金莲,有着数不完的伪装、矫情与俗套,可是也正因为有了他们,得以正反相荡,高潮迭起,构成了活泼的故事情节,构成了小说与人类的历史。

假若再透过成熟健康的心灵来看,下肾与人欲乃至罪恶,也是现实生活重要的部分,清代人早认为人的聪明才智,全凭肾的力量,"小儿肾气未充,故多忘;老人肾气已衰，故神聩"，所说别有含意。而今日的性心理学家已发现，性的精力之于我们身体，就像热力之于机器，人欲冲动也是伟大的自然冲动，用之有节，将对人生发生多方面的好处，禁欲反而带来忧郁的精神病，寡欲也迟缓了进步的节拍。顺着求爱的现象，往往成为一种艺术的动力，终于形成人生的责任。扩而充之，照顾到两人以外的世界，照顾到现实以外的世界，而成为理想的创始者。所以在下肾与人欲里，反而洞见了人生之理与生命之谜呢！

福与慧

常听说：才子短命，才女薄命。真是天妒奇才？老天让身怀一把慧剑的，总是以锋利割伤了自己的命运？

乍看世上的例子，你会觉得：有"慧"的人，就真是没有"福"，有福的人，总是那么"庸"，所以叫作"庸福"。有"慧"的人，总是那么"清"，一点慧光，像灵气一般地清逸，如何也不肯在"庸福"上常驻。不过细想一下，这也不是什么天命注定，实在和才人的个性有关，悲剧恒是个性造成的。

才人总是过分焦躁，不能安分，不肯忍受生命的历程是慢慢开展以成其大的。像唐代的鬼才诗人李贺，二十七岁就夭死，他是一位躁进、悲观、激动的青年，自负早熟的智慧与才情，一遇挫折，就对现实否定，对人生绝望，他叫出："我生二十不得意，一心愁谢似枯兰！"才二十岁就忍不住"不得志"了。"看见秋眉换新绿，二十男儿那刺促！"才二十岁就想象秋容满面、老态的可怕了。躁急悲观，所以作诗的时候，恨不能把心都呕出来才肯罢休，喜欢将生命做孤注一掷，不相信"安静可以养福"的道理，更不想想，连圣人孔子要到达"从心所欲"的生命境地，也要由"十五而志于学、三十而立、四十而不惑，五十六十七十……"的生命逐步开展而来，才能创大格局，成大福德。

才人总是过分敏感，不满现状，以一种叛道精神来与环境对立。如考场被罢黜的唐伯虎，放诞玩世，在葬花于药栏东畔时大叫痛哭，后来林黛玉也大作《葬花吟》，多愁善感的性格，加上鄙视庸俗，诅咒功名，拗执古怪而孤立无援，毕竟成了薄福的人。比较之下，薛宝钗就安分和厚、守拙柔顺。其实"福"就是"备"，"备"就是"百顺"，古人说："日顺其常，福莫大焉"，但才人都厌恶庸常平顺，总想有些惊人之举，就像用夜明珠来照明，固然"奇"，却不如电灯烛火的"常"，奇的东西难以长久，所以庸常的福人恒享终身的快乐，而卓异的慧人常抱终身的幽恨。

才人总是过分炫己，尽情宣泄，不把侪辈看在眼里，才人的"骄"如遇着外界的"妒"，骄妒互会，必然成一场祸事。像唐代写"年年岁岁花相似，岁岁年年人不同"的刘希夷，年轻就中进士，姿容又美，他的舅舅宋之问想把"年年岁岁"这联妙句袭为己有，刘希夷起先答应送给宋，后来又到处宣扬这是他作的，一个骄，一个妒，宋之问就派家奴用土囊把刘压死，死时年未三十呢！这就如象因"牙"被擒杀，蚌因"珠"被割裂，才人以炫露招灾，不是吗？

再则才人常能"暴得大名"，暴得的东西都不会去珍惜，所以最不懂惜福。才人又常有"出群"之想，生命的深处自觉有一种无边荒凉之感，所以常缺少一股慈祥安恬之气来享"福果"。才人又喜欢恃才任气，情事到得意处，不肯留余以"养福"；言谈到快意处，不肯留余以"蓄德"，自以为那是真挚激烈，将灵光全发无余，因此总少一些浑朴的元气来广种"福田"。所以佛家主张"福慧双修"，把福配上德，多做"利他"的想法，才可以把"慧光"长保下来。

享与养

　　每逢年寿已高而体格康强的人，我们总会羡慕地问他有什么养生的方法？有的回答道："没什么特别的方法，只要'不以外物伤和气'，能够'任意自适'就好了。"有的回答道："任何'过当'的事都不敢做，凡事求个'酌中恰好'就是了。"听来只像一句平常的话，细究其中的涵养修炼就不简单。

　　最近我遇到年近八十的查美煌先生，精神奕奕，身手敏捷，他告诉我最好的养生之道是："抱定服务的人生观，就不会烦，人人都想占便宜，而你愿意服务，双方就都愉快了。"他又说："心要宽，许多负我的人，别人都不平地说:'这个家伙下辈子非赔偿你不可!'而我总觉得:'是我上辈子欠他的!'这样一想,心自然宽平啦。"每位长寿的前辈告诉你的,几乎都不是吃什么补什么,都告诉你心情方面的修养,望着有高寿可"享"的人,原来他们都是有所"养"的,令人不得不相信"有所享者必有所养"这句话。

有人以为能享长寿和面相有关,眉上有长毫,耳上有毫毛,都是长寿相,可是古人早说过:"眉毫不如耳毫,耳毫不如老饕",面相上的毫毛,远不如老年的能吃能喝!如果你认为老饕只是物质上的贪求,肥了肌肤,充足肠胃,那只是养生之末啦,主要是那份老年还能吃能喝的心情,神清意平,脏腑皆宁,那才是养生的根本。三餐吃得特别香甜的人,还需要服什么药?一觉无梦直睡到天亮的人,也用不着什么静坐按摩了。许多人吃饭时不肯吃,百种思量;睡觉时不肯睡,千般计较,毛病都不出在物质上,难怪"饥来吃饭,困来即眠"居然成了禅师修道用功的方法!可见能吃能喝的"养",实在也是指精神方面的,《文子》说:"太上养神,其次养形",可说深得"养"的三昧。

"享"与"养"不止在长寿健身方面是如此,能享盛名的人,谁能够没有所"养"呢?你看那些文章滔滔而来的、才艺一鸣惊人的、功业赫赫名世的,如果不懂得寡欲养气来凝聚精神，如何能够长期享着盛名而不衰？文章才艺只要被琐事一搅杂，哪有不"江郎才尽"的？所有圣贤的大事业，都从厚养深蓄中来，没有坐享其成的便宜。"蓄不久则著不盛，积不深则发不茂"，蓄养得愈久，积聚得愈深，那么显现出来的功业，迸发出来的光彩，才会愈茂盛愈精美。

把"享"与"养"的道理，用到经商投资上去，也是一样的，厚蓄深积的亿万巨贾，货物一时卖不掉，仍能坦然无所忧虑，而那些临时的摊贩，只要天雨几日闭门不出，就愁苦得不可终日了！所以要享商场之乐，没有深厚的蓄养，又如何可能像陶朱公那样"废居候时"？读书修养也如此，蓄养愈深厚，才能愈不在乎能否为世所"售"，而这种深厚的人，只管宽心地自己做深"养"的功夫，不在乎别人"知""不知"，人不知而不愠，也才能"享"到读书修养的真正快乐。

扉与镜

有人说心像门,所以叫作"心扉";有人说心像镜,所以叫作"明镜台",谁能把门敞开,把镜拭亮,无遮无掩,不留幽暗,就是一个追求心地光明的正人君子。

宋太祖就以为心像门,有一天他独坐着,教人把寝门洞开,对手下说,"这就像我的心,很少有邪曲,让人人看得见!"把寝门打开容易,把心门敞开困难,一个敢敞开心扉的人,没一件事不可以告人,没一念邪曲需要掩饰,一切事都可以拿到台面上来做的,是何等光明洒脱的人物!难怪朱熹对宋太祖这个动作赞佩有加,认为胸中没有一部"真太极"的人,不敢这样做。一定会用语言文字来"饰貌矫情",内心深处最真实的东西,是不希望任何人撩拨它、窥视它的!

举个例来说:在酒席间,清醒的人说自己脸红啦、醉了啦,而醉酒的人都说酒来酒来没有醉。又像在朋友间,富的人最怕别人说他家财亿万,总说赚钱难,赚不到,你说他仍穷他心中便暗乐。而穷朋友最怕有人说他穷,总说还好啦、过得去啦,你说他很穷他会愤慨切齿。愚笨的家伙喜听别人赞他聪明,最恨有人说蠢。狡狯的家伙喜听别人赞他老实,老实人听别人称赞他老实,便以为是骂他乡巴佬土气呢!俗谚说:"打人莫打膝,道人莫道实!"连这些醒醉、贫富、愚智等无关人格的事,都不愿意让人看见真相,何况心底那些遮掩着的七零八落的破碎的真实事件?人一面有"喜闻人过,喜发人非"的嗜好,一面又有喜欢把自己真情藏匿,愈真藏得愈深,只给别人看不真实一面的习惯,所以要把心门洞开,真是几人能够?

神秀把心比作镜,寒山又比作秋月秋水,总想拿一个通体透明的东西来设喻,事实上要让心光明清澈何其困难!镜子不亮,有人建议去欲去私,有人建议多读书多明理,以为这些都是"磨镜药",必须尘垢擦净,才通明莹彻。

其实在午夜梦回,这灵台的青铜镜子,常常是不磨自亮的，亮得像一片水光，"镜清见毫毛，心清见天理"，亮得你宁愿它昏沉，懒得去映照，许多是你想回避的真情，如同憔悴难堪的容貌，不想清晰地面对，"只为妾颜憔悴甚，照时分晓易伤心！"因此人人手上有镜子，却宁愿是一柄扭曲形象的哈哈镜，并不愿从明镜中看见真实的自己，擦亮心镜后，有几人仍能看得起自己的呢？

可怜的是：你愈想传扬出去的美事，别人偏易遗忘；愈想深藏远匿的东西，却愈引起挖掘者的兴趣。当你名声愈大的时候，许多早该被沉埋的轶事旧闻，都很快地冒了出来，连带着附加的误解与嫉妒，都往那里集合。这些当年用机巧的心"饰貌矫情"得愈周至深密，结果都猝然败露，反给观者以奇高的兴致，多少大人物身后爆出私生子的新闻，不是最抢眼的例证吗？古人说："垂名千古易，无愧寸心难。"能敞开心扉，擦亮心镜，是何等人物呀！

感与应

佛家讲因果报应，善有善报，恶有恶报，人过了五十岁，所观察周遭人物事例多了以后，很难不相信。只可惜谈因果报应，好像冥冥中有一个主宰，这主宰近乎雷电鬼神，使因果的说法扯得太玄；佛家又将因果报应解释不通的地方，推之于往世来生，是真是假，就更加幽冥难征。

所以谈佛家的报应，不如谈儒家的感应，祸福吉凶，完全由自心所感召，如果说宇宙间有鬼神，这鬼神便是自己内心的作为罢了。

我见过一位不孝顺父母的人，他的子女也和他的关系决裂，当他严词责备子女为什么不孝顺他？子女立即反问：

"你对父母孝顺了吗?"他顿时哑口无言。原来子女的眼睛雪亮,越是私心隐微处,越感人至深,难以遮掩伪装,你怎样感,他就怎样应,像身形的投影一般,亦步亦趋,有样学样。

一位误人子弟的老师,从没有认真教学的心意,马虎成了习惯,因此他管教自己的子弟也不会认真,不肯多花心血灌溉,只想用拳脚踢打,结果子弟非但考不上学校,还变成个叛逆怨怼来折磨他。这完全是自感自应,哪里需要冥冥中有个"默司其柄"的鬼神呢?

一对专门刁钻作怪的夫妇,同事们头痛不已,但刁钻成了习惯,矛头时常倒戈自伐,夫妇俩自己也无法久处,他们的子女学得更刁,留学后竟连父母的电话也拒接,佛家说这是一报还一报,儒家说这是有感必应,循环无已。

许多不信"因果"或"感应"的人,都会举相反的例证,好人眼前吃亏,恶人眼前便宜,都喜以眼前来论断事例,其实只要把时间放长至四五十年,看看左邻右舍的祖孙三代,家家的吉凶事迹,可说感应不差,成败昭然,为善的自求福,为恶的自求祸,眼前不便宜的可能是大便宜,一时便宜的可能最吃亏;如果更长远些去看二十五史,难怪秦笃辉要说漫长的历史书,全是一部"果报书"呢!

讲果报也好，讲感应也好，明白吉凶祸福，实在都是自己造的，自己种下荆棘，如何想收获玫瑰？有人从星历斗数去求天数；有人从堪舆风水去求地穴，就是忘了求自己。烧香拜佛，误以为感与应，一来自人，一来自天，人心之外另有天上鬼神，殊不知一切缘起于自己的内心，天在心里，心即是天，感与应并不分在两处，因为感应合在私心一处，所以此牵彼动，形行影动，像循环联结的。人心最灵，有感必应，所以善恶才历历不爽，何须假手鬼神来一一算账呢？命运的顺逆，全是自我造成的，善恶自种，祸福自求，"感"是怎样播种就是"造命"，"应"是怎样收获就是"受命"，命由自造自受，心才是真主，古人说"前途欲问皆心地"，不错，要求问前途，只要问问自己的内心就了如指掌了！

心与境

我曾说过：享受的要诀，是"心"不要随着"境"去打转。心随着境的变化而打转，必然悲喜起伏，目瞀心乱，就享受不到人生。

譬如"有钱人才能享受"这个观念就不一定正确，"有钱"是一种环境，只有享受的环境而没有享受的心，钱多了而心老觉得不够，依旧无缘享受。而贫穷的人常存知足的心，觉得贫亦有味，反而能逍遥终日。环境的足或不足，存乎人心，不在乎钱数的多寡。如果你认定天下最大的贫穷是"不闻道"，最大的财富是"品德好"，安心立命于求道的心志上，不随境遇的优劣而转变，这颗心，便是天大的快乐享受，无人能及。

且不说敦品学道吧，就以日常生活的琐屑来说，我们只求外在物质的"拥有"，而不求内心世界的"享有"，人人像那个武陵溪迷路的渔郎，以为必须进入桃花源才是生活的幽境，于是整日寻访，处处问津，若有一天收心定神，才明白自己蜗居的公寓一角，又何尝不是"洞里桃花日日鲜"的呢？快乐享受，全在自己的心安不安呀！

就如外界的静与闹，不是真正的静与闹，内心的静与闹，才是能否享受的关键。"朝朝扫心地，扫着越不静"，内心念念相续，纷扰不停，即使躲在深山幽谷里，也无法静享读书之乐；内心一无慌乱，澄明如镜，就算在车马喧闹处，也可以自得沉思之趣。

又如事务的忙与闲，像是决定于外境，其实仍然重要在内心，高人能在忙碌中保有悠闲，俗人是在闲散中挥不走纷扰的，许多人是无事忙，赏花没有时间，谈心没有时间，读书没有时间，说穿了，不是空闲的时间难，是空闲的心境难，"到得能闲几丈夫！"能够把心闲下来赏花读书的人，要具有多少智慧、勇气、见识的大丈夫才行呢！

当然，人处在逆境里，安心是很难的，处在人伦怨恨错杂的逆境里，安心将更难，但如果你随着一些外来的风吹草动而喜怒啼笑，喜罢可能嫉妒，笑罢可能空虚，哭罢就生羞愧，怒罢就成悔恨，那么人际间的乐趣就难享用。古人说："制毒性以化杀机，养喜神以延寿脉"，心里永远供奉着爱的"喜神"，化解一切恨的怨毒，心不被变化的外境去转，永远是一片春阳，就能充分享受友情亲情之美。

可见享受的由来，不在外境，而在安心；安心的方法就在减少欲望，也就是佛家说的去除贪嗔痴，贪了心就被水溺，嗔了心就被火烧，痴了心就被土埋，在这"三毒"中煎熬，自然很难谈享受了。

拥有与享有

许多人以为只要"拥有"就等于"享有"了，其实谁出生于世间，都"拥有"了大地风月，但有几人真能"享有"了它？

"拥有"与"享有"是有很大不同的，试举金钱为例，"拥有金钱"的可能是金钱的奴仆，而"享有金钱"的才是金钱的主人。对生活品质毫无改善，而只对着存款簿上累进的数目神秘微笑的；对日常生活无理地俭省，钱永远欠缺不够一点，不然又可以再拼凑成一张股票一纸地契的；又或者钱多得不知怎样使用，还在盲目爱钱，钱本来是生活的工具，却变成了生活的目的，还一味在为钱担惊受怕的，都是钱的奴隶，像驮了黄金却只会吃草的疲累驴子，只算拥有了一堆铜臭吧？而必须是懂得正确使用，能将钱变为人生实质上快乐的人，才叫作"享有"。阮镛诗道"解用青铜臭亦香"，能解用享有，做金钱的主人，铜臭才是香的。

有人"拥有"了一栋大房子，布置了园林景观，但是自己忙着早出晚归，奔命于唯一的事务——赚钱，纵使有绿草乔木，根本看不见，内心塞满了事累物役，好像在桎梏里，永远好苦好累，哪来乐趣？而另有人，虽只是身居斗室，却把东窗与南窗，看作昼夜展现的两幅奇画，日出时红光映槛，月满时树影半横，晷移景换，那天然巧景任由有福人赏玩不尽，每天是好美好舒适。大房子的拥有者，与斗室的享有者，苦乐的差别竟如此大。

就高雅的读书来说，有人日拥书城，插架盈壁，但一抛开书本卡片，马上像个瞎子，这种人只是倚着书堆做窠臼罢了，拥有些书来虚张声势，内心也不会有什么乐趣。前人说过："穷搜千卷，不如融会一得。"必须内心有所融会，自生新意，不只是口耳之间的誊抄转录，改变"以书读书"为"以我读书"，才算做了书的主人。一旦灵心浚发，使数年的追琢渐摩，产生快慰的收获，这才是享有式的读书，拥有与享有，又有如此高下的差别。

推广到抽象的"亲情""生命"上来说，人人天生都拥有了亲情，但几人能充分地享有着亲情？兄弟之间，"一回相见一回老，能得几时为弟兄？"你珍惜了吗？生命如流水，必须选择有意义的事去做，做自己命运的主人，不然"年年作事年年悔，又恐年年悔过年"，徒然拥有了生命，却浪费了生命，空有耳目手足，空有山川风月，空有父母兄弟，一切你都觉得平板无趣，甚至累赘怨怼？何曾能享受人生的乐趣呢？

富兰克林说得好："财富并不属于'拥有'它的人，只属于'享有'它的人！"其实何啻财富如此，书册也如此，亲情与生命无一不是如此呀！

有趣与有味

记得梁启超有一篇说"趣味"的文章,解释了人生趣味的所在,他举例说读书是有趣味的,做官是没趣味的,当时读了很感佩。现在想想,觉得"趣"和"味"的境界不太一样,有高下的差别,在生活中追求"有趣",还远不如寻取"有味"。

生活里有许多"有趣"的事,却并不"有味"。

譬如说一个善于讲黄色笑话的朋友,使大家笑得前仰后翻,趣事连连,但稍一停歇,只觉得下流,毫无余味。

宴席上没有人打"酒官司",也很寂寞,但若缠住一家,百般激将,当时有趣,当然是恶趣,事后也毫无余味。

醉后荒唐的事一大堆，有趣则未必，可真乏味。

负情者、偷情者的罗曼史，可能曲折有趣，高潮迭起，但一样无味。

古语说："美女不病不娇，才士不狂不韵。"病美人的柔怯可怜，令人觉得娇弱可爱；狂才人的放轶不羁，令人觉得怪异可喜，仔细想想，这种不能"全其美""成其才"的人，最多算有趣，并不有味。

又譬如古今的官场升降吧，造势的，若进若退的，跑出黑马的，谈论起来，像猜灯谜，一时的宦海变幻，是市井间热门的话题，煞是有趣，却十分无味。如果谈论间有人加插一句哪位大官和我有交往，那就尤其意味索然。

生活中也有许多不是"有趣"的事，却非常"有味"的：

譬如别人有好东西，我不肯浪费，更不忍摧残，不是故意要讨好主人，而是我自己惜福惜费，就很有味；别人有善事，我替他颂扬，更乐于助成，不是故意要教人感谢，而是我自己称心快意，就很有味。

种花栽竹，不一定有趣，却很有味，因为种花栽竹，不限于"人巧"，而入乎"天巧"，人巧往往有趣，天巧才真正有味。所以在笼子里养鸟，尽管遛鸟有趣，却一无深味。

能救活一株花木，救活一次鱼鸟，这种快乐是有味的，所以许多佛徒的念佛放生，那贪求"冥报"的念头尽管没趣，但那慈悲的一念，仍很有味。

听说某作家不喜欢让自己的文章和别人的选在一起，对于各种"选集"都予拒绝，众人在"竞进"的时候，他一人却"独退"，或许会令人不悦的。所以这种"羞与哙伍"的傲岸不见得有趣，但这睥睨逍遥、独立苍茫的孤高眼神，极有味。

"趣"与"味"既是如此不同，所以做人能"幽默有趣"固然好，但还不如"深远有味"；交十个诙谐风趣的朋友，固然是人生一乐，也远不如一个回味无穷的朋友，才是一生的福气。

天堂与地狱

从前吕蒙正刚被任命为副宰相的时候,许多大小官员都不服,有一位朝士竟当场指着吕蒙正说:"像你这种家伙也能揽着参政大权?"同列有人想过去质问朝士的姓名,吕蒙正却立刻制止同列的人,并说:"知道了姓名,终生难忘,多难过!不知道也就忘了,多快乐!"贤明的吕蒙正,真是善于化地狱为天堂。

汉代的刘宽驾着牛车,半路有一位农夫丢了牛,硬指着刘宽的牛车,说这牛是他的,刘宽无可奈何,被农夫牵走了牛,只得步行回家。后来农夫找回了牛,十分惭愧地归牛谢罪,刘宽却说:"牛相像的太多,难免弄错,你肯亲自送回来，是我该谢你的！"而晋代朱冲家的牛，也被农人误认，强行牵走，不久也在林下找回了失牛，十分惭愧地归牛谢罪，朱冲却坚拒不受，硬让农人羞愧得无地自容。刘宽一念之中的春风，就创造了人间天堂；朱冲一念之中的肃杀，就制造了人间的地狱。

这些人际间的天堂与地狱，都还是自己和"外人"间的，少相见也就淡化了。最难处的是家庭间的不睦，人都是不可离开的人，事都是没完没了的事，相互之间，恩怨纠缠，弄到戈矛相向，那真是步步荆棘，时时刀山，这就是自己制造的地狱。而如果懂得涵容宽厚，身修家齐，骨肉之间，情深恩重，全家熙熙然喜气迎人，这就是触手可及的天堂。

除了人际间的爱恨外，个人对苦乐的感受，也是升天或堕地的依凭。譬如听到别人有好事情，怀疑不肯相信；听到别人有坏消息，传播而且高兴，这种人一肚子都是杀机，胸腔间就是地狱！

又如果没事就忧虑，对着美景也乐不起来，这种有福不会享的薄福之人，处处是涉世的苦海，就是活地狱；而有人对着苦境也觉得甘甜，有事也坦坦然好像没事，气宇间廓清而宁泰，这种懂得"乐自苦生"的惜福之人，就常在天堂上。上天堂或是入地狱，何须等到进棺材后才分晓呢？

有限与无限

伟大艺术所追求的，就是在有限的实物中，表现无限的感觉。让有限的事物外观，展现出无限的内在思维与意义。因此，"画得越少表现得越多"，就成了画家的准则。

作画的人都明白，在小小的尺幅里，山水偏要画得宽广；在大幅的画布中，丘壑偏要画得紧密。把林屋聚到盈寸之间，将峰峦拓到千里外去，目的都要在有限中展示无限。画卷的上下左右，山被截去峦垠，树要伸出纸外，变态多端，烟霞无尽，常留大半到画外去，务使画内画外，有墨无墨，虚实相生，达到"无画处皆画"，才是开创无限的妙境。

好欢喜

大画家倪云林说过:"作画不过是写胸中的逸气。"这等于说:思想才是画家最重要的东西。透过这逸气思维的渲染,出之以天真简淡的笔意,他所画的一木一石,都具备了千岩万壑的趣味。如果你只在一木一石上去探讨模仿,恐怕会失其本源而差以千里了!有一次他在昏暗的灯光下画竹子,十分得意,晓来再一看,画得全不像现实的竹子,也全不像古来任何名家的笔法,他笑着说:"全不像处,才最难到呀!"这"全不像处",摆脱了"落实"的黏着;也摆脱了"家数"的藩篱,这些都是"有限"羁绊的界线。在随意的抹扫下,似真非真,似幻非幻,以为画足了,其实并没有画足,想要加一笔,又无处可以再加,这好像圆足,又好像不圆足的境界,将"空灵"的趣味表达到了无限。

诗也如此,也要在"尺幅之中寓有万里之势"方是好诗。例如,明代解缙的咏小松诗:"小小青松未出栏,枝枝叶叶耐严寒,如今正好低头看,他日青天仰面难!"从眼前渺小的外貌,推想出未来时空无限发展的可能;从眼前耐寒的本性,推想出未来独任栋梁的才干;从今日低头栏下的卑微,推想出他年仰面难窥的喜剧结局;再从眼前的小松,联想为无数古今志士才人的奋斗历程,种种无限的感觉,使诗的意象因思想而丰富起来。

即使一首题材上很寒酸的诗:"明朝有米无?此自明朝事,今日且饱食,万事付美睡。"(见《瘿庵诗集》)表面上是说眼光短浅到无法再短浅,只图今日有米有饭,今晚就饱食美睡,哪还须管明朝的事?骨子里表现的洒脱宽宏,胸襟是宽大到无法再宽大,在"人不堪其忧"时仍能不改其乐,这种"莫思量"的忘忧法,哪里是凡夫俗子所能企及的?本诗在最有限的物质压迫下,透露出无限的精神境界。

至于摄影、戏剧及各种文艺,也无不如此。安东尼奥尼的纪录片,在神州老妇人满脸皱纹里,浓缩了数十年倒行逆施的风霜与悲痛,使风烛残年不知何去何从的老妇人,成为十亿人口古老中国的缩影。《日瓦哥医生》一剧中,不只是男女主角二人的故事,更可以概见主角之外,哄哄阗阗,万头攒动的苏联人民,如何在恐怖中过日子,这才成为伟大的摄影师与不朽的小说电影。

多情与无情

在成千上万种树木里，只有垂杨是关心着人间离别的，灞上攀折，送人牵恨，每逢人间有离别，柳也有了折心之痛，所以古人把杨柳叫作"多情树"。然而柳的游丝飞絮，一回东惹，一回西逐，自家的南北都没定准。柳的枝条，青眉舞腰，满身是风流的曲线，只喜送别，不喜迎人，那袅袅依依，滥折人手，所以古人又把杨柳叫作"无情树"。

这"多情"的美名与"无情"的诋毁，居然会落到同一棵树上，而且是同样的一种特性上，真令人惊讶。但当我读到申居郧在《西岩赘语》中说："疏薄之嫌，偏在多情之士。"脑门里轰然一声，恍然大悟。申氏劝人用情不可过分，过了就难以为继；用情也不可太密，密交也难以长久。初交的人，处处留情，情是很难长久的。何况多情必然分心，而情又是很难分摊的，情既分了，又不能久，多情的人哪能不变成无情的人呢？所以自命多情的人，纵使反省自己，处处纯真，不是玩弄，但也不能保证每分情都有始有终，仍不免有寡情之嫌。

天赋多几分俊逸气质的才子，总是多情，以他的风流倜傥，如何不欺梅妒蕙，颠狂一时？但是情多了，必然有始无终，总是让人在春光里欢笑，在秋风里哭泣，黄庚不是有柳诗吗："谁知此是多情树，最爱春光最怕秋！"

情多了，总是欢笑的时间短，悲伤的时间长，赢来一场场感伤的结局，朱彝尊不是也有柳诗吗："垂杨不是伤心树，那得长条更短条？"唉，多情的才子佳人，很难成为"一心人"，所以有人哀叹："世间才子总无情！"憾事连连，怨怼终身，因此，世间许多顶可爱的人，常常成为顶可怜的人！

这么说来，难道做人不要"多情"吗？也不对，多情是人类高贵的品性之一，愈多情的人，才愈有灵性，不然神仙菩萨，自己逍遥去算了，为什么一直忙着有求必应，像柳枝一样不停被扭折来安慰离人呢？我认为神仙菩萨就是最多情

125

的榜样，而名士才子，自然也是人间的情种，只是多情若流于滥情，才会有"多情者必好色，而好色者未必尽属多情"（张潮语）的感慨。

譬如袁枚是清代相当多情的人，当时许多道学先生公开指着他骂，但他多情而并不好色，后来阮镛有诗为他辩护道："也知有福能容懒，不信多情定狎邪！"道出了袁枚多情而不狎邪的真面目。其实真多情的人不会好世俗的色，真好色的人也不会沦为世俗的淫。因为真多情的人，在内心是"不忍"，对名花不忍折，当名酒不忍饮，遇名姝不忍近。真多情的人，展现到外表一定是"不滥"，巨眼卓识，格调极高，哪里会沦为世俗的色与淫呢？

旷达者

中国人一向对"旷达者"推举得很高,什么是旷达呢?它的真含义,一直不曾了了。就字面上看:旷是器宇宽大,达是通晓事理,好像只要有学识、有器量的人就是旷达者啦,那就太浮泛。

最近我忽然想到:所谓旷达者,就是通晓事物人情在时间中的因果,把现在和将来合在一起看,或把现在和过去合在一起看。一般人见花开了就开心,见花谢了就皱眉,分成二景看。而旷达者是见到花开就想到花谢,合在一起看,就不生悲喜之心了。一般人见起高楼就来祝贺,见楼塌了就来慰吊,分成得失看。而旷达者是在废墟瓦砾上就想到当年楼台的华丽热闹，合成一幕看，就不生羡恶。所谓"才下手便想到究竟处"，把因果祸福叠映在一起，统为一观，这才是旷达。

从前有一位宰相，刚接下相印，一时贺客盈门，贵振天下，他却在馆壁间题了两句诗："霜松雪竹钟山寺，投老归欤寄此生！"在上台的时分就想着下台，在炙热的关头就想到雪淡。近年来也有一位高官，上任时不肯搬进豪华的公馆，仍住在他原来的小屋，别人都劝他乔迁，他却说："搬进去的时候，前来主动帮忙的人簇拥着，固然神气，等下任要搬出来的时候，那冷清孤零的滋味不好受！"他真想得通，就像桃李芳浓的季节，多少游蜂，不必你召集都聚拢来了，等到花落的时候，也不必你遣散早就飞光啰！人的荣悴和花的开谢一样，能把现在和将来合在一起看透，那就很旷达了。

从前魏国有一位东门吴，他的独子死了，却不忧伤，旁人看不过去，责询他道："你的爱子，天下不会有第二个，现在死了，却不忧苦，太没道理吧！"东门吴回答说："我从前也没有儿子，那时候并不忧苦呀，现在儿子死了，不过回复到从前没儿子的时代，为什么要忧苦呢？"他是把现在和过去合在一道看透，所以也很旷达。

把时间延长，将因果祸福合叠在一起来透视，就可以看见一般人见不到的景象。塞翁失马是家喻户晓的典故，塞翁知道马失掉不一定是祸，马归来不一定是福，孩子骑马摔断腿又不一定是祸，等到战争戕害了许多从军的青少年，那摔断腿的孩子反而活着，竟成了福气。因此旷达的人，总有先见之明，不同于凡俗。许鲁斋有首诗说："花谢花开，时去时来，福方慰眼，祸已成胎！"花谢的零落，是下一季芳浓的前奏；福气快眼的年代，大祸已经珠胎暗结啦！盈虚消长，祸福相倚，所以"得"不足慕，"失"不必哀，而陈抟所说"落便宜是得便宜"的哲学，就是从这道理中证明出来的。

庄子病危将死的时候，弟子刘之哭得很厉害，庄子告诉他说："我现在死，虽然是比你先走，但百年后再生的时分，你却在我后头啦！得失难说，何必只贪眼前这片刻的便宜呢？"看破了生死关，庄子真是千古中最旷达的人了。

雅俗之辨

雅与俗,要分辨仿佛很难,有的事似俗而反雅,有的事似雅而实俗,你想避俗未必就雅,你想求雅可能得俗。

如何消闲,最见雅俗。无事忙,坐公共汽车绕圈子杀时间的人最俗;懂得享受闲情乐趣的才雅。

狮子独行,脱落朋辈,不畏不惧,自在就是雅;狐狸成群,你推我挤,唯恐落单,就是俗。

因此,杂沓的客人进进出出,很多的新朋友,都像刎颈之交,就很俗;门无杂宾,对朋友无奢望、无苛求,淡如清水,这才雅。

有势利可依的时候,来往密切,腥蚁附臭,多俗!一朝朋友势衰利尽，自己就深藏远避，唯恐受了牵累，蔑弃故旧，就更俗；到了出卖朋友，揭发私隐，满嘴是难听的话，就太恶俗；而情义深重的仁人长者，"贫交不厌"，才雅。

趋炎附势，即最俗；因此到冷灶里烧一把火，能在人寒的地方投身加点温暖，在人热的地方暗自留点清凉，就雅。

遇到哀矜的事件，解荷包、脱手表，估量自己的力量来济助的便是雅；考虑毫无回报，竟一毛不拔，就俗。

贫的人不一定就俗，贫而没有志气才俗；贱的人不一定不雅，贱而没有见识就不会雅了。所以有人可以一字不识，但多诗意，一经不读，颇有禅机，也很雅。

其实贫而清纯，贪恋少，灵气充盈，就近乎雅，且看蓬门竹径，餐霞吸露，残卷半纸，抹月批风，比起市态繁华，灯红酒绿，爱欲纠缠，火坑苦海，自然雅得多。

不开口则已，一开口就有自己的胸襟见解，就雅；满嘴都是人云亦云，随声附和，就俗。

喜欢妄加评论的人也很俗，听到别人荣升，就推测荣升的原因；听到别人祸败，就附会祸败的报应，相当庸俗。如果你去和他辩论，那也不对，因为与愚庸的人争是非，本身也是一种低俗。

喜说淫艳的事，胸中自然不正不高，哪能不俗？人要无惭于衾影床第才雅；夜半醒来，扪心而无一事，更雅！

喜说宦海的升降，津津地流口水，极俗。但一再轻薄做官的人以自明其高，也一样俗。至于再三地说要看破名利呀，看破呀，唯恐别人不信，那也是俗。

喜评论别人买东西的物价，这种市井气是俗的；在赏画、品茗、观赏园林的时候问价钱，那更俗。

知识分子带点"干谒"的习气，和尚牧师带点"募化"的习气，就俗。因为一有求人的念头，耳目肝肠，容貌词气，就会多方迎合，旁观的人已看清了丑态，而他自己看不见。必须芟除这些习气，才雅。

入庙烧香，出庙就做坏事，喜谈风水求吉利，喜听神数卦卜，一会儿改姓名笔画，一会儿迁祖坟风水，都很俗，坦荡荡地相信"阴地好不如心地好"，才雅。

逞能自夸的人也俗，汲汲于要别人知道他的才学，就像自己吃了饭要别人知道我有多饱一样，所以很俗。"人不知而不愠"的君子，所以雅。

一定要勉强别人喝酒，或自逞海量而猛灌，自以为叫作英雄本色的，都俗；醉后多言骂座，就更俗；浅斟慢酌才雅。

睚眦必报、心念旧恶的人，往往很俗。说到小人忘恩负义时，就咬牙切齿，更俗；说到忘恩者想倾覆自己，而辞气和平，容色像说平常闲事，就十分雅。

随便开别人的盘盒，拆别人的书信，翻人家的书画，都是俗；如果捡别人的字纸篓，拼猜碎纸，更恶俗卑鄙。

好马见到鞭影，就起跑了，雅；驽驸一定要等到鞭策入肤，痛如锥刺才跑，俗。

拈虫弄雀，都很俗；能够忘情率意，鸥来不惊，才雅。

雅而实俗

　　赏花当然是雅事啰，但如果有人在花下喧哗、横躺、晒裤子；酒徒在花下愤世嫉俗骂山门；大官贵妇车马缤纷还有人开导扈从；纨绔子弟摘花作雅士状；村妇乱砍乱摘抱了一大捆；雅事也变成十分庸俗无奈！真正的雅士，韵态香心，不啻我去赏花，连花也来赏我，这才雅！把家里的众多丫头侍婢，各取一种花的名字，也是滥套，好像雅，其实俗。

　　品茗喝茶虽是雅事，但没有佳客而只见忙冗，没有赏鉴而但知牛饮，或是墙间桌上布置得不对劲，不见花竹清供，反多荤腥杂陈，就很俗。

　　四壁的古董也好，中庭的花木也好，本该是赏心的雅事，但如果摆设花木的位置不恰当，或是收集古董的欲念太广侈，都会显得烦而俗。

与美人清谈心赏就是雅；进而语言嘈杂就不雅；再进而沉酣潦倒就嫌俗了。与美人隔院遥对可能是雅，一到了牵衣连坐，原本雅的可能俗了。

长得像潘安的美男子，玉树临风，仿佛很雅，但胸境眼界不朗彻，只是一个雕绘的土木偶像，何等俗气；拥有陶朱公的财富，散金如土，仿佛很雅，但言行动作太鄙俚，只是只祭坛上披了红绣供众神去吃的大猪公，实在俗气。

"科头箕踞长松下，白眼看他世上人"，这种孤矫，似雅而实俗；"莫愁前路无知己，天下谁人不识君"，这种通达，似俗而实雅。

礼敬孔子，以求启迪智慧，也还雅吧？但在孔诞祭典上争拔牺牲品上的牛毛，以祈求智慧就很俗；到孔庙学孔母祈求得子，当然不雅，据《封氏闻见记》，居然有妇女赤裸身体登上孔宅的榻席，以求献身得子，更俗得荒唐！

就以文章雅事来说吧，拿些古礼考证考证，现代人还去加冠及笄，表面古雅，骨子里就嫌腐，腐也是俗；儿女私情专写做爱，从沙发翻滚到祖宗牌位下面，表面是性开放，骨子里就嫌浪，浪也是俗。

画家的内在没有雕龙绣虎的东西，而只画眼前所见的猥琐事物；作家的内在没有长江大河的气势，而只写身边所闻的儿女耳语，缺乏内在爆裂的冲动，就没有精神上的意义，笔下永远是俗的。

许多文人的雅事，像限韵作诗啦、兴来题壁啦，也很俗气，文章里的"诔墓""贺寿""乔迁""弄璋"，没一样不俗，这些文字里要不谄媚很难喔！诗文中只写些脏东西，那么你啸傲起来也是羞的，能不雅得好俗！必须经过十年的绝欲、十年的读书、十年的养气，用奇峰做笔、用湖海做砚、用烟云做墨，吞吐卷舒，鸿笔伟辞，写大块的文章，这才雅！

总结而书，大凡开创的东西，元气淋漓，雅的居多；后来模仿的，也似真有所得，本质上它是俗的。就像禅家的祖师，不管是喝耳使耳聋三日，拧鼻使鼻痛大悟，丈室萧疏，都成雅谈。而一些心未妙悟的聪明汉，学着说些"山头起浪，夜半日出"等俏皮话，大叫"这里有祖师吗？唤来与我洗脚！"这种东施效颦而肆无忌惮，就太俗太俗。

俗极反雅

一个老去的名妓，如果还要勉强而卖力地歌舞献丑，真俗。但有一天晨起梳妆时，失手将玉钗跌碎地上，没一点跺地跳脚的懊恼，反而徐徐地回过头来对别人说："很久没听过碎玉的声音了！"真雅！

一个精于琴艺的朋友，生前定做一个棺材像古琴，自己还写好墓铭刻在棺材上，这种构想不教人喜，有点恶俗。但这股把生死摆在眼前的洒脱劲儿很雅。

陶渊明用葛巾来漉酒，在篱笆边采菊花，天真烂漫中不管葛巾脏不脏，菊花好好的采它干吗？俗态竟成了雅事。

郑板桥是放旷人，写"难得糊涂"以自勉，俗里有雅；

顾鼎臣是宰相，写"学吃亏"以自勉，也俗里有雅。一般平凡的人也挂张"难得糊涂""学吃亏"，就显得心头有点不平的标榜了，未必俗里有雅。

懂得人生就如演戏，谁都知道是虚假的情节，偏多加妆点，极饶情趣；谁都知道是真切的事情，偏来点荒腔走板，万事如等闲，也很雅。

就像天上牛郎织女的故事，谁都明白是假的，世俗的神话，是通俗无稽的，拿来做歌咏的题材，以假当真，却很雅。

有时候，把言谈中极鄙极俗的话，随手拈对，像"黄河水滚滚而来，文应如此；韩信兵多多益善，学亦宜然。"黄河水韩信兵，都是口头俗语，忽然变成治学作文的道理，意外的爽贴，极俗中透出雅来了。

有时候，句子写到俗极处，像"东边一棵大柳树，西边一棵大柳树，南边一棵大柳树，北边一棵大柳树"，四句稚嫩而村俗，再来二句："中间柳丝千万条，系不得骢马住！"全首忽然化作"出风入雅"的好作品了！

金圣叹最爱像俗谚一般的诗，如"做天难做四月天"，耕种者要雨天，赏花者要晴天，乍寒还暖，令人怨煞！这流行在乡巴佬嘴上的句子，深具哲理，正是俗极反雅的例子。

又如"人来求我三春雨,我去求人六月霜",三春雨多的是,六月霜难上难,这也是俗极反雅的句子。

清代有位徐云拂,喜欢喝酒,后来小便失禁,常常尿床,他居然据实写了一首《小遗解嘲诗》题在扇子上:

非关水厄其无端,醉里嵇康数起难,
草野敢思遗汉殿,诗书真欲溺儒冠!
三春犊鼻梅常润,五夜龙须漏未残,
如许头颅堪一笑,那寻保姆为推干!

句句用"小便"的典故,从大胆在汉殿上撒尿,到嵇康喜在肚子里憋尿,一一道来,犊鼻裤上的梅雨常润湿,龙须席上的雨漏一直未干。说到豪气,拿儒生的帽子来做便器;说到恩情,保姆常一再把尿床孵干,老把我推到干的地方!被推的不是幼儿,而是我这老头,怎能不可笑?这样恶俗难为情的题材,居然被他写得文雅大方!

生活中的小火花

　　人人在寻找快乐，人生有三不朽的快乐，什么立德立功立言，这种快乐太高远了，而且寻找的过程必然是艰苦备尝。人生又有现世的快乐，但声色犬马，使志向捐弃；荣华富贵，使德行迷惑；饮食男女，使精力虚耗，寻找喜乐，常常寻找到了烦恼。

　　快乐的境界几乎很难自己掌握，也很难到外界去找，自己能掌握的只是一颗内在的喜悦的心。我很欣赏清人沈曰霖的想法，把握住喜悦的心，留意生活细节中的小快乐，点燃生活中的小火花，来享受快乐的一生。

　　他把下棋胜了，当作小小的凯旋班师。——人类为了满足好胜之心，往往充满了残忍，本来不想杀雁的，却去射雁；本来不想杀牛的，却去斗牛，只为了比赛的快乐。而下棋的胜负，于万物毫发无伤。且明白世间的所谓成功与失败，原本是空虚的一场戏，那么就认真一下弈棋得胜的凯旋之乐吧。

他把欣赏一幅名画，当作小小的旅游名山——一幅好画，就是一个心旷神怡的新天地，不费分文，神游其中，忘其身之所在，忘记世间的宠辱。

他把观看一朵鲜花，当作小小的迷恋好色——美人是花的真身，花是美人的小影，所谓"伴兰如伴妾，爱菊如爱友"，花和美人一样，有态，有神，有趣，有情，有心唇。

他把梦见美人，当作小小的飞升成仙——颠倒的一生本来就如梦，世事哪一样不像春梦般了无痕迹呢？世上如果没有美人，谁愿生此世界？梦里如果有了美人，当然如同仙人的世界。

他把得到一笔稿费，当作发掘到小小的宝藏——没有稿费的时代，照样有杜甫写诗，曹雪芹写小说，因为写作本身就有抒发的快乐，再加稿费，更属喜出望外的收获。

他把教导孩子，当作小小的南面称王——只要称王，再小的地方，再短暂的片刻，也是一种快乐与满足。

他把买到一件得意的物品，当作家中小小添丁的喜庆——得意的家用品或艺文墨宝，都成为生活中的同伴，一家互爱互惜，其乐融融。

推广他的想法，剪贴一篇好文章，就像苏东坡手抄一部《汉书》那样，有贫儿小小暴富的感觉。写成一篇好文章，嗷，"书有一卷传，亦抵公卿贵"，就有小小公卿的成就感。做成一副对子，把小杜的"古往今来只如此"，对上大苏的"淡妆浓抹总相宜"，挂在优伶的戏台上，也是小小的才子佳人喜相逢呀！

更何况扫净一间房子、洗净一个砚台、整齐一堆乱书、做成一道菜肴点心、接获一封好朋友的来信、见到一个善人、做了一件善事……哇，无限的快乐！

爆竹的联想

谁都知道，火药是中国人发明的。中国人用火药去做冲天炮，给孩子玩乐，西洋人拿去做火箭，飞入了太空；中国人用火药去做爆竹，增加喜庆的热闹，西洋人拿去做子弹，穿进敌人的胸膛。就实用功利的思想看，西洋人棋高一着；但就情趣的世界看，中国人也自有其生活的哲理。

在实用世界中多占一分，往往在情趣世界就减损一分。古时文人以琴棋书画为生活情趣的代表，而现代人让孩子习琴，有的是想进入免试升学的音乐班，以便将来顺利出国，可以少小成名；原本弹棋的悠闲，也变成逐利的热衷，"本因坊""名人赛"棋战，二局输赢百万，每落一子，惊心动魄；现代人学书法学绘画，有些预期在短期内开书画展，名利双收，达到换取生活水平提高的实用目的。现代更有一些诗人正在认真地想：诗可以推销到广告词句中去吗？诗可以推销到唱片公司去吗？就像把画绘在汗衫上出售一样，热切地希望跻身为商品的一部分——张璨有诗说："书画琴棋诗酒花，当年件件不离他。而今七事都更变，柴米油盐酱醋茶！"唉！当不含实用目的之情趣世界，落实为琐屑实用的生活细节时，总会升起那份俗陋的悲哀！

其实中国人是在"实"之外，最懂得"虚"的妙用：诗文注重虚字，可命神气全出；书法注重间白，可使行气贯注；绘画要在无笔墨处留心；建筑特别重视天井与庭院的配合；在人品上，更推许一个难以定义的"逸"字。许多超实用的东西，看来能与实用相辅相成，进入更圆融的天地。儒家主张"君子之道，一张一弛"，张是实用，弛是超实用的。庄子主张"无用之用"，摆脱了"有用"的功利思想，才能欣赏无用的"大用"，这些道理说起来总有点玄。

试看现实的社会里，许多人把每一寸空间都充分利用，塞满了实用的物品；每一分时间都充分使用，希望产生实利的绩效。人在时空全无空白的状况中，日益感到拥挤、缺乏与不安，事实上这些责求事事实用的压迫与堆砌，只能提早心脑的僵化,对于恢复旺盛的生命力毫无助益。哲人席勒曾说:"只有人在完全地意味上算得是人的时候,才有游戏;只有在游戏的时候,才算得是人!"今天看来,这算是对工商社会中百分之百求实用的机械人,一项沉痛的呼吁与抗议了!生活艺术的美,本该注意那些不实用的地方,今天猜谜雅集变成奖金的争夺;钓鱼游戏变成斤两的计较,闲情一一被扼杀,也许只剩下燃放爆竹,还谈不上什么实用的利害吧?

船的哲思

到基隆港去看船,静静地看一回船,就像读一篇人生大道理的文章。

首先我看到远方一艘满载货柜的大船,好像动也不动,而近岸有许多小船,排浪疾驰,很容易就轻侧转弯,显得矫健快捷而有神,小船跑一回就不见踪影,而那负厚持重的大船,仍待在视线的远方,很吃力的样子,究竟在不在移动前来呢?初步的印象,让我觉得小船令人喜悦,大船令人悲苦。器物大了运转一定艰难,吃水深了前进一定缓慢。

但是我又想:它却是处在安泰踏实的方位,也是众人肯托付它运载的重任,谁都明白,一时跑得快的容易翻倒,就像一时快书的字迹容易错改。在没有滔天巨浪的海面倒也罢了，一朝有了滔天巨浪，才知道那些疾驰的小船，是根本没用的。况且再看一艘大船出港去，启碇虽慢，掉头更迟，但一出港外，面对万里汪洋，那种"脱网鱼游江水深"的乐趣，也不是小船所能享有的。

我再想：不管船大船小，最重要的是船要有舵，外表上船舵像鱼的尾鬣，不怎样起眼，然而"万斛之舟，制于数尺之舵"，就像魁梧七尺之躯，制于一颗纤细的心。船的方向路线有斜正，人生的方向路线也有邪正。要想济渡艰险，必须靠舵的刚劲；要想远涉辽复，必须靠舵的正确。在一支千军万马的队伍里，舵就是指挥命令的军旗；在一堆真伪缠讼的史案中，舵就是史官的直笔；在一座组织庞大的政府结构间，舵就是执时柄的首相。它像在船尾追随别人而运作，却掌握了船头冥冥的方向，它才是真正司命做主的灵魂人物呢，于是我对舵起了敬意，也对自己的心惕然有了警觉。

船有了舵，就得有一个航行的目的地，人生发了誓愿，也得有一个终极不变的目标。船向着目的地航进，潮流风向有顺有逆，人向理想目标进发，遭遇升降也有顺有逆，于是有的船快，有的船慢，来船欣喜时，去船就在怨；顺风安流时，逆水就吃味。唉，人生也是一样："东船下时西船怨，

147

西船上时东船羡。"看开一点，谁能知道明天风向转不转？潮汐变不变？与其只为天候外境而怨迟羡速，还不如自己加强点马力，逆风逆水一样迎风破浪，即使劳苦一点，到成功的凄泊处，和那悬着高篷，占尽天候便宜的船上老大们，同样持橹傲坐，毫不逊色。既然如此，就不要希望一生中都是"咿哑柔橹"的顺境，勇走沧海，就是要迎接水阔风高的浪头，"丈夫中立天地间，横截众流色不改"，少去怨天尤人，做一艘不畏风浪挑战的巨艇吧。

茶是涤烦子

茶酒风月，都是与悠闲散逸为伍的东西，与现实功利是冲突不容的。然而好酒是侠客，好茶是隐士，要喝好茶，必须先要有隐士淡泊的心境，有日久人闲的幽情，有午窗春睡的恬静，那么浓香嫩色之中，才会令人两腋生出清风来，也唯有脱离了实用，才会产生美，产生诗。

酒像春天的风，使憔悴的草木，恢复喜悦的容颜；茶像冬天的雪，使尘俗的山川，漂白为仙人的世界。酒的热心与茶的冷肠，各有它的妙境，现代人如果将茶酒饭局，排得局促劳顿，对茶酒价码，变成传夸征逐，那么杯中壶底，无非是些秽渎污俗，哪里会产生丝毫灵气？

饮茶是中国精致文化生活中重要的一章，它的"洁性灵味"唐代人早就十分注意，连采茶的姑娘，在摘叶期间，都要戒除荤腥，也不可以涂胭抹粉，不然都会影响茶叶原本的圣洁。甚至姑娘用手指摘，或是用指甲掐，也会改变茶的品味，讲究得十分玄奇而精微。

茗茶界的祖师，唐代的陆羽，外号叫"茶颠"，江南茶库中还有封他为"茶神"的，他对茶叶要求严格，常常自己去采，自己来焙，当时的诗人皇甫冉、皇甫会，觉得雅士自己入山采茶，这件事本身就是绝美的诗，就像苏东坡主张煮茶的泉水，最好自己去汲，不要假手于奴仆，这样，瓢中才有月光，而无俗尘。

据皇甫兄弟的描写，陆羽采茶的"深处"，是必须独行到烟霞中去的，远远步上了层崖，当天无法来回，留在深山中，用野泉佐饭，投宿在野人家，这种"尘心洗尽"以后采得的新茸灵芽，中间含着松声云影，才能泛出满椀霏霏的花来！采茶尚且如此，饮茶自然更讲究心境。

尘心洗尽的时分，才有美，才有诗。茶与文学也就是这样结了不解之缘。苏东坡的诗里一再提到茶，可见茶癖才使他意爽头轻，佳思泉涌！

永日遇闲宾,

乳泉发新馥。

香浓夺兰露,

色嫩期秋菊!

这四句东坡饮茶诗里,将人间的闲情与自然界的雅趣,一齐浓缩进去,菊色兰香、泉声茗味,加上嫩叶与老友,把这六项享受,安顿在一段闲适的时刻里,使味觉、嗅觉、视觉、触觉、听觉以及内心的感觉,都塞满了美。

东坡还有一首石塔寺试茶诗:

禅窗丽午景,

蜀井出冰雪。

坐客皆可人,

鼎器手自洁。

欧阳修在尝新茶诗里也主张:

泉甘器洁天色好,

坐中拣择客亦佳!

好欢喜

　　这两位高人，都说饮茶的时刻，先得具备时间好、地点好、器皿好的环境，再加茶新泉甘，手洁心净，最重要的还要面对着"可人"的佳客！不然尽谈些股票茶价，游行夺权，乃至牛皮马屁，挑拨是非，交谈中别存目的，我想这绰号叫"涤烦子"的茶叶，可就无法涤烦啰！

心定自然凉

许多人是酷暑时躲在冷气房里的,许多人是做远方旅游去避暑,或是海滨游泳来消暑,也可能有人在饮冰室里迎溽暑,也有人去踏水车,作一首"卷地翻涛敌骄暑"的劳动诗来改变热觉,有人问我是否另有一套涤暑的"妙方"可提供出来?

我不爱用冷气,从小穷出身,没有吹冷气的习惯,看那些在冷气房里长年工作的人,总是带点感冒的样子,自己没福消受,一吹冷气,骨节会痛。也不爱吹电扇,有一年在补习班里学日文,头顶的电扇猛吹,最后吹坏了肚子。所以想想,我的"却暑妙方",根本连羽扇都不用,只用心定,土话一句：心定自然凉。

"心定自然凉"这句话有学理根据吗？当我随口做了老生常谈以后，不免暗自反省，我记得吕纯阳仙人说过："热油灌顶，紧紧想着腊月廿五，自不忙乱。"此话当真？如果有人去做实验，弄部摩托车撞进炸油条铺，当沸滚的大油锅翻覆灌顶时，紧紧地想着"腊月廿五"，想着"雪山万古长不消"，恐怕仍不免高度灼伤，生命垂危呢！但这并不是仙人说错了，更不是心没有用，其中的真理在于标举心的重要。心不忙乱，自能做"转物"主宰，而不做"物转"的奴才，心一定，祁寒烈暑，都不能欺人了。

我又想起清代的义和团，就曾以吕仙人的话去做实验。当炮火熊熊，脸都被灼热时，就急急地念他们师父教的咒语，什么"冰凌山，冰凌洞，冰凌洞里有冰人！"想用心里寒冰的想象，去敌外界热辣辣的硝烟，结果毫不起作用，而成了炮灰，不过，这种愚蠢的"御暑"法，仍不能证明"心"没有用，而是"心"用错了地方。

我可以再说几个故事，证明"心定自然凉"。你看：晋朝时候的王敦，因为他最怕周颢，每次见到周颢，心就发热，甚至会生病发烧。有一次王敦在冬天见到周颢，居然急忙拿扇子出来扇个不停，门外正在大雪纷飞呢！这故事教人相信，冷热真是大受心理影响呀！

又想起唐代的李密，最会训练军队，军队的纪律森严到铁一般的震肃。每次他号令士兵，军令寒气森森，士兵们即使在大暑天，人人都像"背负着霜雪"，这种"盛暑负雪"的形容，更教人相信冷热由心而生，骄阳毒暑，心可以改变它。再以我自己的经验为例，炎暑天气总会早起的，清晨天蒙蒙亮就起床，穿上夹衣，开始读书写作，一心宁静，到了中午，依然夹衣长袜，并无热感，直待推门外出，见到路人短袖的赤膊的，挥汗不停，才知道外界早已经是火云蒸暑，热气逼人啦！这才惊觉自己这一身厚暖衣裳是多么不合时宜！也才想起宋代不少理学家，在焦暑盛夏，依然厚衣大帽，正襟端坐在堂庑下，可能不是他们装作道学，故抬身价，实在是他们一心定静，忘了外界，根本就"不受暑"嘛，杜祁公回答欧阳修说"唯静坐可以避暑"也不是什么违心之论了。

倘若学一点禅理佛说，那就更相信"心定自然凉"的道理，因为心定了就是"火宅"里的清凉散，会带来清凉乐，把"热衷"冷却一下，人就无比受用。僧妙喜有一道偈语说："万般设施只如常，又不惊人又久长。如常却似秋风至，风不凉人人自凉！"只要心海无波，安定如常，时时心

好欢喜

带清凉,即使在隆暑天也不必逃暑烦暑,处处自有秋风吹来,不是真有秋风可以凉人,而是不等秋风就自己可以清凉啦!

福由赞叹生

在加拿大，不小心碰撞别人一下，别人反而向你说声"对不起"；在美国碰撞别人一下，可能遭到白眼；在台湾碰撞得不巧，说不定招来黑枪砰砰两响！前阵子已经有人因为碰撞冒犯而被举起从六楼顶摔下来的记录。

台湾目前运转着一股戾气，动辄抗争，触处成殃，有心人都在想，如何转化这股气，让社会运转着一股和气，满天祥云，触处成春，该多好？

"戾"字就是狗从户下窜出来，汪汪叫的狠戾样子，不肯待人和善一点。台湾的戾气，有时极微细，却无处不在。有一次我返回到了桃园中正机场，排队去坐国光号巴士，快轮到我时，巴士客满了，心想等下一班吧，过了一会儿，司机宣布还剩一个座位，排在我前面的都是成双成对的伴侣，于是就由我递补，我匆匆地推着一车行李塞进行李厢去，正满头大汗地向司机先生道谢，司机先生却嫌我行李放得慢吧，冷冷地说："有行李就该早点把行李推出来放好！"

司机的教训当然是对的，只是当我向他道谢时，如果他简单地说声"不谢"该多好？

又有一次我坐公共汽车，外面下着大雨，车窗被雾气蒸湿，看不清外面的街景，趁着到站时车门打开的刹那，想看看到了哪一站？但是有人急着要下车，我赶快说"对不起"让开，但下车的人，却丢下一句："不下车，堵在这里干什么？"

下车客人的指责，当然是理直气壮，但如果对别人让路的好意，改说声"谢谢"该多好？

于是我发现，社会的戾气或和气，就在这"话多一句"上检验出来，如果每个人都是从各处受够了被责备的窝囊气，像鼓足了气的泡泡，随时要对别人加以指责教训，要别人反省检讨，以便使自己发泄掉一点。尽管指责的内容，其深心未尝不期待社会要更好，但所用的策略是"你指责我，我指责你"，绝少关怀感谢，恐怕愈责备，社会的戾气就愈浓重。如果司机对满头汗珠的乘客说声"谢谢合作，辛苦了！"如果下车者对让路的乘客说声"你真好！谢谢！"添加一些关怀之情，改用"你赞美我，我赞美你"的方式，嘴边带点称许，不费分文，同样"话多一句"，听来多窝心！这个社会不就日趋祥和了吗？

古谚说："福从赞叹生。"一个学生将来能有成就，都是由于老师当年的一句赞叹，而绝不是由于当年的一顿教训！一个社会能融洽祥和，也得靠彼此相互欣赏，相互感谢，减少指责，多加赞叹。一小匙蜜的循循善诱，绝对胜过一大坛醋的谆谆训斥！

你肯赞叹别人，对自己来说显示出高贵有教养，对别人来说，受益而心神怡悦，对社会来说彼此和谐不相倾轧，真是一举三得，比起动辄只想指责别人的"一举三失"，真要高明多了。更况且，你喜欢赞叹别人，别人也赞叹你，你喜欢指责别人，别人自然也指责你，这种施与报之间强度相等的反响，就是社会戾气与祥和的源头，什么叫"社会风气"？清人陈璜在《旅书》中说："动天下之谓风，行天下之谓气。"风就是鼓动，气就是流行，少数人肯做善良的鼓动，终将成为流行的风气。别小看了待人接物的"话多一句"，此即是化戾气为祥和的关键。一个人有没有福气，端

好欢喜

看你肯不肯随时带点关怀赞美别人，福报，就是从懂得赞叹别人开始的！

印证孤独

西方哲人对于孤独，常有奇妙的感悟。当我在金山的爱庐中独处了五年，经常是四顾无人，孤影徘徊，这些西哲的妙句，便掠上心头，萦绕不散。我爱独自走向邻院的蒿莱前沉思，举头是斜阳半山，万蝉狂鸣，不期而然地攀上了思想的高峰，把领受到的孤独寂寞况味，想想东方人的格言，再想想西方人的妙句，做了些印证。

一位西方哲人说："只有在孤独之中，人才能听到上帝的声音。"

过着闹哄哄都会生活的人，个个野心勃勃，妄想去改造上帝，哪能想到改造自己？所以连自己深衷里的真心话也听不见，谁爱去听上帝的声音？只有在独自面临一片无垠的沙漠，或是一片汪洋风涛时，才想到了上帝。所以在歌声舞影的群体生活里，上帝的声音是没人听得到的。

中国古代不谈上帝，却爱谈道，所谓"寂寞生道心"，意思很类似。人在寂寞独处的时候，才有履薄临深的想法，畏天之鉴、畏神之怒，戒慎恐惧的心由此间产生，正是治学修道者用力的地方，也是将来成功最得力的地方。

从前有人枯坐在蒲团上，门庭萧瑟，别人问他："那不会太凄寂吗？"他却回答说："我每天与古哲圣佛商略不停，应接间已经觉得太烦多了，怎么会太凄寂？"

原来孤独的他，日夜在和"上帝"对话。

一位则说："我一直生活在孤独之中，所以在垂暮之年，依然保持青春朝气与清新的心灵。"

孤独可以使心灵淡下来，不生艳想；使欲念静下来，不生竞心。孤独摒除了痴心妄想，足以凝聚生命的全力，不让生命在杂沓颠倒中涣散，所以是常葆青春与赤子之心的好方法。

古人早发明清心养脑的长寿药方，就是吃"独睡丸"，多听听瀑布松风的声音，少听些政治的是非争论，可以洗涤烦杂的闷气，多听听书声鸟鸣，少看些金融的涨跌新闻，可以消除浮动的躁念，保证皱纹和白发，少爬上你的脸。

一位则说："越伟大、越有独创精神的人，越喜欢孤独。"

想想苍鹰在高空上总是独自盘旋，麻雀在稻田里总是结帮飞行，有卓立独行性格的高士，总带点出世的气质。卢纶诗道："名高闲不得，到处人争识"，高士明白这一点，所以他不肯应付世俗，更不想哗众动俗，喜欢往人群掌声少的地方走去。

一位又说："对于智者来说，没有孤独相伴是最寂寞的。"

真正的才智之士，必与趋炎附势之辈走相反的方向，他心中多趣，才能在寂寞中自创乐境，他学会了静处，才能体会闲中兴味无穷。孤独时只需清风明月，俯仰无愧，身心就最放松，一旦失去了孤独，就失去舒和的意味，而心就绷紧起来。所以每逢酒酣耳热、车水马龙的场合，言不及义，反而是他最寂寞伶仃的时分。

一位又说："善良的人独处时，绝不会感到孤单。"

小人每天依仗广泛的人际网络上那虚荣的面子而过活，骨子里空无一物，所以一旦独处，满心是失落感，独处时必然要面对自己的惭惶，令他无法忍受。善良的君子则不然，时时有高尚的思想相伴，若想掌握思想的精妙处，发挥想象的深邃天地，自不宜沦没在呼啸聚会的朋友堆的表面文章中，而需要独处的环境。他心中万事满足，即使独处，仁必有邻，心灵也不孤单。

难怪还有一位哲人说："只有我孤独的时候，我才感到不孤独！"

王闿运曾说：人在孤独修养的时刻，一切悔吝侮辱都无由而生，而一接触世俗，各种荣辱批评全操在别人手上了。尤其今天思想多元化以后，各人的观点差异面越来越大，许多持有偏颇观点的人，爱歪理远胜爱真理，你去驳正他们则伤感情，附和他们则伤品格，相会时勉强忍受，倒不如早早离开，那时你就能证实疯狂世界中，只有在孤独的时候，你才不孤独。

独处时分

我听到一位在艺文界聚会活动中极活跃的朋友在叹苦："我像一个水泡，整个社会活动像个旋涡，我只能顺着旋涡打转！"

我又听到一位活跃于政界的先生在叹息："今天在台北，应酬活动多，才能表现出男人在事业上优越的成就感，这种'应酬文化'已经成为社会压力，谁不这样做，就得去抵抗这种强大的压力！"

我不知道这算不算是"都市文化"必有的一部分，但我知道如此随着潮流打转，天天出没在热闹应酬中的人，一定无法思考。节目表排得满满的，甚至吃一顿饭要赶三个饭局的人，只不过陶醉在"生活充实"的假象里，旁观者看他像个空壳子的没头苍蝇，究察其内容是极为苍白空虚的。所谓"精神愈外驰，脚跟愈散漫"，日子一久，天天必须依赖虚幻的热闹过活，一冷清就失魂落魄了。

这种忙碌热闹的浮浅生活，必然丧失"独处时分"的灵慧特质，古人重视独处，认为独处就可以"神不浊"，默坐就可以"心不浊"，独坐之时，才体会忙碌的耗神昏聩，心神一味外驰，多一事增一事的累，识一人费一人的心，只有独处才可以省事，省事就可以心清，心清才可以神旺，所以独处可以收摄精神，凝聚生命的全力。

独处静坐之中，有一股清明之气，从孤独处生出来，心光一片，照见了自己，也照见了万物，照彻了事物的所以然，于是有"静一分，慧一分"的效果。独处就是在求这一分清明，所谓"清明在躬，志气如神"，有这分清明，求道则易悟，为事则易成，从事艺文创作则神思奇逸，所以独处可以养精、养气、养神、养德，对德业与艺术生活都是有益的。

古人就是从"是否爱热闹""能否慎独"上去分辨君子与小人的，君子将独处作为凝聚精神的好方法，独处不单是眼瞪天花板而已，而是要"扶起此心"，使心气宁静，精神竦立，只有凝聚精神不昏散的人，内在趣味世界才会呈现，这种人，心才不会被形役，理才不会因势移，在众昧时不昧，在群疑时不疑，任他举世滔滔，他不随波逐流，不惊眩附和，还能保持一个完整不破的自我。再则君子能体会独处时廓然清闲的"中"的境界，不堕于空，不滞于有，独处时性情是最"和"的，一切从安分慎独做起，必无妄念，空净洒脱，这才体会出独处的乐趣。难怪连西方哲人也说："利用机会独处的人，通常都有深度。"

小人则最害怕独处，因为无事孤独时感到一切落空，宁可时刻都有事，心需要不歇地"逐物"，逐物才觉得身心落实，连酒色财气、交际应酬也觉得是生活地位的凭借，不虚此生。所以清代的汤斌要说："小人只是不认得独字。"

朋友们，抵挡习俗，才是豪杰之士，抗拒热闹的"应酬文化"压力吧，珍惜独处时分，珍惜生活中内在的趣味世界，"闭门皆乐地，高枕即安居"，不是吗？

再谈享受

　　某部西片电影里有句对话："什么是幸福呢？就是在二十五岁以前，赚够了一百万！"大概是说趁着青春年少便拥有了巨富，从此就可以锦衣玉食、金屋美人，样样都齐备，天天放纵享乐，便是幸福了。事实上，这只是简单的幻想，现实却极其复杂，赚了一百万美金的人很多，能天天享乐的人却没有见过。

　　主要的原因是：生活的享乐，来自乐观的人生观，而不来自丰沛的物质。所谓享受，乃是一种精神心智的活动，而不是物质的挥霍报销。天生人到世上来，个个都可以享无穷的福，只怕他不会享而已。富贵的人洪福齐天，要什么有什么,但是他们都在工作过度的忙碌中,错过了享受;贫贱的人清福不浅,闲散无拘中爱怎样就怎样,但是他们都在柴米琐屑的忧愁中,错过了享受;才智的人可享盛名不朽的福祉,抒发言谈,知名度漫天响,但是他们在争名无餍的倾轧中,错过了享受;愚拙的人可享安宁无扰的福祉,像一株没用的树木,谁也不会去锯它折它,但他们也都在自扰不安的妄想中,错过了享受。所以老天安排给每个人无穷的福,真正能享的却少之又少,他们不明白:享受就是当下精神的喜悦!

要谈享受,最主要是"心"不要随着"境"去转,凡是期待外境改善如意,然后心才能来安享的人,恐怕永远也享受不到。譬如你等待儿女都成家立业后,再去享禅定静寂之乐;你等待买一间幽静宽敞的书屋,然后去享读书研究之乐;你等待赚到足够的钱,然后去享布施助人之乐;你等待万事都摆脱以后,然后去享遨游世界之乐……那一定是遥无享乐之期。

因为"外境"能否改善如意,都操之于别人或命运,几乎永远不会到达十全十美的境地。只有"内心"是操纵在自己手里,可以"当下即是"的。树若要等待无风才能静,那么必然"树欲静而风不息",在狂风暴雨里,贞定的树一样能享安静之乐；子若要等待富贵才养亲，那么必然"子欲养而亲不待"，在贫穷痛苦中，孝子一样可以享受取悦父母之乐。就像释迦可以在"五百车声"中，做他禅定的事，如果你懂得"当下即是"的享受，那么在车声烟熏、连床几都会震动的小阁楼里，一样可以静享读书之乐。

　　再者，享受的要诀，就是在享受生活中一切期待的过程：生养孩子，成龙成凤的结局固然美，但不计那结局的成长过程，已经是极美的享受。结婚恋爱，不必等到白首偕老才算喜剧，每一个约会想念，也早是极美的享受。登山探险，到达巅峰后的瘫痪，也远不如整个曲折过程的新鲜刺激更教人愉快。功名事业也如此，最美的部分不是既得后的满足，而是遥望这种"景星卿云"一样的天边目标，力排万难的奋斗历程，才是最大的享受。这么说来，如果在二十五岁前，平白给了你一百万美金，恐怕什么人生的趣味都像嚼蜡了！

辑三

旅游的趣味

参加旅行团纷来沓往、游山玩水后,总觉得与古代人在海山方岳之间,探奇寻幽的趣味,不大一样,现代人的旅游究竟少了些什么呢?

现代旅游业发达,观光景点的行程安排,紧凑而极具效率,交通食宿样样高级且舒适,再向保险公司高额投保,就不愁享受不到安全且热忱的服务了,如此便捷的旅游,还是感觉少了些什么呢?

有一次我家报名参加加拿大落基山脉旅游,前一天就兴致冲冲赶去温哥华集合地点,到了那边,才知道游客报名太多,我家用电话订位,旅行社已不认账,早被刷掉在名单之外。

错愕之余，只好决定自助旅行，打算坐火车，火车出奇的贵，打算参加西方人的旅行团，他们都在半年前一切安排好，没有像国人那样临时起意的。冲着一股游兴，就坐夜班的灰狗车前往班芙镇，第一夜就在车上睡睡醒醒，天亮才抵达班芙，可是一路上山顶的明月出奇的圆亮，照得环耸的石壁像下了雪似的，而谷风呼啸，万树森森，景象很特别，不是白昼的行客所能领受到的。

清晨一到班芙，就怕没旅馆住宿，先把全镇旅馆都打了电话，总算找到一间空位，于是放心参加当地的旅游车，一会儿缆车上群峰之顶，一会儿驶去冰原峡谷，每餐都去找菜肴不同的老式英国餐厅，总之，希望与参加一般旅游团的风味能有些不同。

后来到露易斯湖，大小旅店统统客满，无处下榻，只好去租露营的帐篷，另租一辆脚踏车搬运物品，营地在遥远的森林中，老树稠密，小溪环绕，虽在盛暑，我们还是在黄昏就生起熊熊炉火，当时每人都带着雪衣，心想穿着雪衣度夜就不需被褥了，没想到雪山下，子夜一过，温度急遽下降，盛暑天裹着雪衣、靠近炉火，还是冷得发抖，只好全家挤成一团，这一夜却成为日后回忆中最难忘的。

次日清晨沿着小溪步行去露易斯湖，小径上枫松相间，野花盛开，原始的野趣，使溪景极美。露易斯湖真是天地灵秀之气独钟之地，那一碧万顷的湖光，那长年皎洁的冰原，和万万千千削尖笔立的松柏，有秩序地将视野配置得极深极远，加上倒影的复制，乍然会面，秀丽异常。我在想，如果没有昨夜森林里的露宿，没有清晨幽径上的探索，内心的俗虑澄净得不够晶莹剔透，若贸然从杂沓的游览车上下来，与这湖景打照面，可能不易为如此超奇绝俗的景色所感动、所降伏。

有了这次经验，让我明白参加旅游团的观光，虽最便捷，但一切按表实施，缺少即兴式"凡事头一遭"的野趣，一切详尽规划，缺乏历险式"凡事未可知"的奇趣，若是一团刚走，一团又来，只去坐别人刚坐的位子，吃别人刚吃的东西，看别人一例看的东西，程序固定，重复轮回，样样可以预期，安全无虞，上一步早知下一步，没有追求个别新鲜的可能，难怪总觉得少了些什么。

我们随手翻翻明代的《徐霞客游记》，他上黄山时没有缆车，甚至连石级都缺乏，他写道："侧从流石蛇行而上，攀草牵棘，石块丛起，每至手足无可着处，每念上既如此，下何以堪？终亦不顾！"

好欢喜

　　他即兴式地登天都峰，没路寻路就是趣味，石块险峻，手足难以攀登也是趣味，上了去却顾不得能否下来，一切没看人做过，一切不可预测，这种步步隐含冒险性、开创性的旅行，才能恢复青春活力，才能体验全新的想象力，才能满足对未知事物的渴望，才是旅行的真趣味所在吧！

瑞士与《易经》

前阵子看到报上的消息：瑞士1992年的国民生产毛额，每人达36 230美元，是全世界的最高额，是全球最富的国家。其次是卢森堡，再其次是日本的28 000余元……而中国大陆为380美元，瑞士与中国大陆，相差近100倍。

这条消息，自然也勾起我去年在瑞士游览的记忆，瑞士的国民所得为世界之冠外，还有许多特色，令人印象深刻。

瑞士的国旗是正方形的，与世界各国的长方形不同。

瑞士的国民勤奋，每周工作42.5小时。

瑞士的许多小镇街道上不设红绿灯，全由驾车者谦让自律，而仍畅通无阻，当然，也有竣法严罚备而不用。

瑞士的国民小学，于新生初入学时，不是先教注音符号，而是先由交通警察来教交通守则。

瑞士是中立国，但全国的国防经费高达百分之二十六，人民虽只600万人，但可在一夕之间成军百万。

瑞士很少看见灌溉的渠道，全靠老天下雨吗？并不然，远郊绿野，都埋设好了百年灌溉大计的水管。

瑞士的劳力士表、亚美加表，为钟表之王。表店晨起八时开门，台湾观光客在自动电梯还没启动前就一拥而入去抢购……

但令我最慨叹的，是细细观察瑞士，等于扎扎实实上了一堂《易经》课。

瑞士没有总统，而国中大治。让我体会《易经》乾卦中的"乾元用九，天下治也"这句话。《易经》说："用九，群龙无首，吉。"一直令学者们迷惑不解，因为"群龙无首"在一般人的印象里，是失去领导中心，以致六神无主、场面混乱的形容词，为什么反而是"吉"？是"天下大治"呢？

原来《易经》中的"飞龙在天"是君子处上位来治天下，而"乾元用九"则是以天下的民意来治天下。《易经》中的"阳"代表君子，到了"乾元用九"，总括六爻皆阳，也就是说天下每个人的教育、品德、操守都达到了君子的高水平，这个"君子国"，由于人人成了君子，可以全由天下民意来治理万政，不必只依赖一两个君子在"九五"的高位来实行"人治"，"用九"就是一切用君子来决定的意思，所以"用九，群龙无首"比起九五的"飞龙在天"更进了一步。因此《易经》说："飞龙在天，上治也；乾元用九，天下治也。"上治是靠上位的君子来治，天下治是靠天下人人是君子来治，"上治"的一二贤才眼界仍小，"天下治"的民心舆论眼界才大，这《易经》中最伟大的民主思想，竟已经在瑞士实现了！

这种人人君子来发挥"六爻皆阳"的精神，便是《易经》所说"六位时成""时乘六龙以御天"的境界呀！《易经》称赞那种治理的最高境界是："时乘六龙以御天，云行雨施，天下平也。"不正是今天瑞士风调雨顺的升平境界吗？

瑞士的国政，由一个七人委员会共同执政，凡国家大事，均由全国讨论，由公民投票意愿来决定，公民投票的前提是人民的教育品德都达到了高水平，这时方能以民意为依归，切实做到"六爻发挥，旁通情也"的妙境。

瑞士不搞个人崇拜，所以瑞士人也不崇拜英雄。事实上世间由"造神运动"产生的英雄，没有一个有好结局。拿破仑以降，希特勒、李承晚、马可仕……都令人想起《易经》乾卦"上九"的"亢龙有悔"，亢是高亢过度，英雄主义到了"亢极骄盈"的地步，自高自大，不但贤人无法与他交换意见，更与人民远远地脱节，成为"贵而无位，高而无民"的可悲独夫，所以这些英雄总是"过刚招悔"，盈而不久，很少得其善终的。这也是《易经》所说"知进而不知退，知存而不知亡，知得而不知丧"，丧亡一至，权位一失，侮辱必随着光荣而至，立刻抹黑了一生的功业。瑞士不搞个人崇拜，不正所以预防"亢龙有悔"？这真令我怀疑，《易经》的理想已在瑞士实现了吗？

小镇复活

一个已经没落、破败、人口外移殆尽、几乎在地图上消失的小镇,这几天在英国旅游局的100多个国际观光点中,突然被名列前茅地标出来,成为被介绍的重要观光热线,这是怎么一回事呢?

雪曼纳丝,这个百余户人口的村镇,位于加拿大温哥华岛中部一角,一边是海洋的内湾,一边是茂密的松树橡树林,镇民以伐木推入海湾,然后顺着海线外运为业,原本是印第安人的居住区,19世纪伐木业一度兴盛,华人白人也渐来此工作,小镇亦随之风光热闹。

后来伐木业停顿,居民都陆续离去,废屋颓败,人烟渐绝，倒是黑熊花鹿经常出没，雪曼纳丝镇几乎成为历史地名。前几年有数位旧时居民重临草木荒芜的田园，面对今昔盛衰，不胜唏嘘，居然发愿重建桑梓，先沿着邮政、户政机构的线索，多方探听往日邻居的踪迹，得到许多居民或后代子孙的回响，有的迁回旧镇，有的提供前代照片，有的追述前尘往事，大家勠力重建家乡，振兴小区，在衰草斜阳里再造林木青青、景色绮丽的海湾一角。

在重建小镇时，最具特色的是将昔日祖先们的生活场景，彩绘在每幢住屋四周，住屋沿用旧时的格局，而这些壁画，都由各国艺术家参与执笔，有印第安人先民起居图、白人驱牛运木图、类似望夫石传说的痴女望海图、村民合力筑地建屋图、农人收麦磨麸塑像、二老塑像等数十幅。

一位罗马尼亚的画家，就将清代二十几位华工合力扛运巨木的镜头，绘成生动的力与美。一位华人曾在此开设杂货铺，由于他将中国店允许赊账的传统美德带来了加拿大，当地居民至今传为温馨的美谈。虽然老店早被焚毁，店主人也早返家乡娶妻生子，但这百货杂陈的店面也被绘成巨画，邻人感念之情，随着巨幅画面的感染力，而传播全世界。温哥华有六十几位中国画家在新春聚会，正打算在今年旅游旺季时，渡海到这小镇去当众挥毫作画，把收集到的华工动人的小故事，一一展现到画布上去。小镇设有画家们的休憩招待所，专供画家们云游时歇足。

雪曼纳丝小镇的名号，已被"壁画市"的外号所打响，眼看各国画家争奇斗胜，壁画雕塑不断推出，俨然将成艺术村镇，将学敦煌壁画一般，引人瞩目。缘起于少数几个人的愿力，带动小区同心协力的振兴，大家珍惜先民的脚印，珍惜历史的一点一滴，感动了多少从千里万里外来的观光客，蜂拥而至，使这百十户人家的寻常小镇，充满了画意诗情，耀眼异常，竟常在世界新闻中被播报。

雪曼纳丝小镇死而复活的故事，正是今日台湾提倡"珍惜本土文物""根留台湾""小区建设"等观念最佳的示范，只要真正有心，一二人心之所向，城镇为之改观，世界为之瞩目！

加拿大所见

在公园一角,我看见一块小小的高尔夫球场,专给银发老人做推杆用的,这里二三米就一个洞,草绿得如茵,旗一样在飘,几十位高龄阿公阿婆,一面交友,一面打球,唤起年轻时代的梦,一样的欢呼鼓掌,如此普及化的小草皮,不破坏大林地,令人觉得是好温馨的乐园。

在繁华的摩尔市场,小男孩都坐在爸爸的双肩上,小男孩的头高出爸爸的头一大截,骑马般俯临众人,得意感洋溢在父子脸上。真想不通天下竟有人要凌虐儿童!

我听见每位母亲要孩子坐下,都是轻柔地说"请坐",而不是命令式的"坐下",孩子的礼貌都是看成人的表现而学来，父母如果不再用命令式的斥呵，小学教师如果养成习惯对孩子轻声说"请坐""请发问""谢谢，真好"，我们就不会沦为无礼之邦。

这里年老夫妇最关心的事，大概是替宠物猫儿梳毛吧？其次就是整理花圃。电视里时常在教如何种花，还不时报告某处花开了几朵，三月桃花李花，四月水仙郁金香，五月杜鹃，全城关心的百年大杜鹃已经开了几朵啦。而我们却早忘了中国优美的二十四番花信风，新闻报不完汗毛直竖的凶杀事件，谁去管花开花落？

这里的垃圾是采取限量回收，每周一筒或隔周两筒，逾量要另外买票才搬运。资源分类回收做得十分彻底，我见加拿大人对于超市中结扎塑料袋用的金色铁丝，也一一收存，用第二次，第三次……

这里的邮政编码细分是世界第一，只要六个数字或字母，就每一信箱一个号码，比美国一小区一分号更精密，只看区号就能分信，信箱又多集中而标准化，看我们岛内的邮差挨家逐户送信，分散零落，信又塞不进邮箱口，真辛苦！

这里真的是鸥鸟不惊，喂鸽子，喂海鸥，人无机心，鸟来亲人，谁忍心夹杀黑面琵鹭，还吃炭烤伯劳鸟？

最让我留心的，是上公交车后，公交车座位如果是两人一排的，先上车的人一定靠窗坐进去，让后上车的人，方便地坐在走道旁，不必谁来规定，几乎人人如此。所谓秩序就是先来后到，井井有序。

而我们台北人偏不如此，人人先占靠走道的外面座位，让靠窗的座位空着，别人来了他也不挪动，反正是陌生人，谁需要招呼谁！推究这种心理，都是只为自己着想：第一，自己要下车时比较方便，不必向人说"借过"，好像我既然先到，就有权抢到了主控权。第二，别人要从我膝盖前过去，还得含笑地看我脸色，向我说"借过"，他既后到，合该如此。第三，最好别人觉得挤进去很麻烦，就让座位空着，我一人占的空间就比较大，比较舒服……

殊不知失去先来后到排排坐的次序，社会乱象就是从这小地方开始的，人人只顾自己的方便舒适，这份小小的自私心意，不顾别人，就是社会乱象的大根源。你看台湾的邮递区域形同虚设，资源回收大家不热心，只有旧衣服回收，无本而发大财，大家才抢着乱贴海报、乱置旧衣回收箱。所有垃圾懒得分类，只要丢出家门就不管马路污不污染，摇开车窗扔出烟蒂果皮的比比皆是，且皆是乘坐进口名牌轿车的主人。各县市到处在垃圾大战，只求把垃圾倒得离我家远一点就好，焚化炉离我家近自然不可以。林地不断被变更地目，受破坏，活杀野味永远禁止不绝，孩子天天受怒斥虐待，杀人放火的新闻一天好几件……你只要一上公交车，看每个人霸占走道旁的座位，不肯靠窗坐为后来的人着想，就知道这社会的乱源还不会停，社会想要有救，看一个小动作就知道祸福治乱的趋向了。

雨林巡礼

第一次听到"生物文化"这个名词，是在美国奥林匹克国家公园的雨林中。解说员很自豪地说："我们没有几千年的埃及不朽金字塔，也没有几千年的中国万里长城，但我们美国善于保护亿万年的生物文化！"

生物也是一种文化？"是的，"解说员道，"这是有史以来不曾失过火的森林，只有一条通道而绝不再开路的森林，树木一倒在地上就二百年不腐烂，也从不曾砍伐的森林！"

是呀，这一大片从未有人足迹踩过的地方，绿得如此透，绿得有点黑的雨林呀！以前每次从西雅图绕道天使港，乘坐小飞机去温哥华岛，夏季就望着奥林匹克山巅皑皑的白雪，冬天就望着海面平平的云海，云海与雪地有时很难分辨，都是一望无际直到天边的白。然而我明白，这云海雪山的下面，就是一大片绝无人踪的雨林，好奇心一直鼓动着我，想拨开霞气云影，去看看百万年来最原始的宇宙面目。

今年3月底我去访一次，公园关闭不开放。9月2日再去一次，好险，只开放到今天，明天起又要封闭。

循着15度的斜坡山路蜿蜒而上，向"暴风山脊"行去，有些山壁上草色刚枯，露出一窝窝圆扭扭的岩纹，依稀是高雄一带泥火山上见过的花纹。地质学家不断在岩纹间发现鱼贝的化石，原来奥林匹克山脉，以前是在海底的，由于火山爆发，岩浆的挤压，把深海的生物推到高山上，此种千万年前陵谷变迁的洪荒景象，沧海竖立起来成了群山，那场景是何等壮阔？想象做"巨鳌翻地轴"实在不足以形容，想象做"蓬莱压碎海波立"，也许稍有点气势上的相似。

雨林的低处，松杉与灌木杂处，枝枝叶叶，即使没有藤萝的牵蔓，但早已茂密得难以插足。渐行渐高，树木也换了一批角色，高山上风大雪深，就只剩银松、红杉等四五种树木，银松很细削，垂枝入地撑住自己的躯干，这样既能减小风势的威胁，又能躲避厚雪的重压，林间掺杂许多枯而未朽

好欢喜

的鬼树魅影，白秃秃得似乎在诉说天候的恶劣。

当然，雨林中，珍贵罕见的生物极多，像大象头花、石头花、冰雪百合……花色灿烂而形貌极不寻常，有的像银色发丝，有的像油漆刷子，有的可以吸水储存，有的银毛可以反射热量。雨林中云豹已经很少，剩下冬眠的熊、悠闲的鹿、水獭与大山鼠等等，但并无毒蛇蜘蛛，只有近湖之处有毒物，一般来说，雨林是颇为安全的地方。

登上"暴风山脊"，这是全世界空气最干净的地方，望着四周60座有原始冰原、常年不化的雪山，山高6000英尺以上，覆盖着1000多英尺厚的古雪，纵目望去，数千公尺之遥的空气都亮丽透明，若是数百千米外有了污染，飘浮过来丝毫碳烟的浮尘，即会影响此处的阳光与空气质量，单凭视线就可以目测出来，在这个一尘不染的高山上我努力登上"雪影"峰，虽然喘息连连，但好像巴不得能多吸一些纯度甚高的新鲜空气。

路侧偶然有一些告示标语，都是上环保课的教材：

"不要踩野草，可能一踩就死，永远不再生长！"

"不要踩野草，可能踩死草里一窝老鼠。"

"不要喂鹿，鹿可能扑到你身上！"

"不要喂鹿，鹿被喂就变成乞丐，不会去打仗了！"

游黄石·念蓬莱

到美国黄石公园游玩,最易怀念台湾。

黄石公园里有幽灵湖,沼泽林地迂回,湖畔绿草芊绵,细看都是稀有的水韭。自然让我想起昔日往阳明山后侧的金山爱庐去,必过擎天岗,岗上有梦幻湖,湖畔的水韭列为保护的珍贵植物。梦幻湖长年雾气缭绕,而这幽灵湖也经常阴晴不定,水韭在阴翳烟霏中,像戴着面纱的精灵,随风轻摆,哎,这地球两端的风物,为什么如此相像呢?

黄石公园是世界第一大的公园,处处都是瀑布喷泉,地热泉穴,水气蒸腾,汤池滚滚。自然更让我想起昔日爱庐就在磺嘴山侧,硫黄蒸气熏焦了附近的草木,熏烂了附近的铁石，山下有泉浆与溪水交汇的低洼处，堆些石块，就筑成冷热水调节的浴池，愈是天寒，泉就愈烫，在幽谷里露天泡澡，那乳白的温泉水与刺鼻的硫黄味，都深深刻入了记忆。

当然，黄石公园温泉分布的面积大了十百倍，这些温泉地穴，水清而黝深，彩色多变，有的像蓝色的大眼睛，有的黄中孕白像巨蚌的珍珠。而喷泉与石灰石累积而成庞大的长毛象、大帽子、调色盘，形状瑰丽而奇特。有的地穴喷出的雾气，随着阳光的折射而或红或褐，或黄或绿，这些岩浆地穴都不准人靠近，大家沿着步道，不敢越雷池一步，如果不守规矩想一亲芳泽，不是烫死就是烫伤。

公园里有许多间歇泉，不定时从地下喷出热水来。我走到一个"青龙眼"附近，突然地底迸出水柱，约三层楼高，其他游伴来时，泉已停止喷射，枯等很久，毫无动静，只好叹息缘悭一面吧？只有"老忠实"喷泉，定时喷射，服务人员会预告下一次喷射的时刻，几百人鹄候等待，这柱喷泉力道最强，一飙十丈，而且守时守信，不负众望，这也真是天地间的奇景。

黄石公园保持着原始的苍茫林地，绿野上牦牛野鹿奔驰着，然而据《梧门诗话》的记载，我们台湾在二三百年前，不也是野牛千百成群的吗？黄石公园于八年前大火烧山，至今松树一半焦黑，但松树正是以雷火为蕃殖的必要条件，所以火烬中满地松杉的新苗，稠密如麻，有愈烧愈旺的趋势。这也令我想起阳金公路两侧的黑松，全被线虫蛀死，至今枯黄不治，还不知何日重青呢？

游黄石公园老想着台湾，还有一个原因，就是命名中的"黄石"二字，就熟悉地想起传授张良兵法的黄石公，黄石公曾预言说："某某山下所见的黄石，即我也。"后来在香港海角有黄大仙庙，就是纪念黄石公。而黄石公园中有一块石灰石沉淀而冒凸地面的黄石，高11公尺，像雕塑品，西方人看它像法国革命时，殖民地义军所戴的圆锥形帽子，称之为"自由帽"，而我看它四面呈现不同的表情，带笑带愁带哲思，像古远老人神秘的面容，我就戏称它是黄石公。

游览时令我感触甚深的，是我们阳明山马槽、小油坑、磺嘴山一带的地热景观，原本是自然的宝藏，美国人珍同瑰宝，细心维护，而我们却任意破坏，毫不珍惜。可供观赏的大自然美感，都代之以烤蛋洗澡等实用享受了！不了解一木一石的投入，地热外壳即遭阻碍，何况装入抽温泉的马达，来大肆破坏呢？再则地热喷孔附近，有彩色织锦的表面，有奇形塑造的外貌，这些都是活的微生物

好欢喜

所造成,热处成白色黄色,稍凉处成橘色绿色,均属生态重要的一环,应该加以研究珍惜,来告知国人共同维护才好呀!

诗仙堂的沉思

日本京都,是文化古迹荟萃之处,楼塔相望,钟磬相闻,寺庙宫院,比邻而立,著名的有数百处,其中最令我徘徊难去的,要数狸谷山下白茶花开遍竹篱外的"诗仙堂"了。

诗仙堂的园林,小而精致,大抵日本园林的特色正在此,银杏的黄、枫叶的红,间有翠松苍柏、赭石紫苔,秋景特殊的斑斓。诗仙堂有所谓"凹凸窠十境":石级竹篱为"小有洞门",有隐士柴扉的遗风;主建筑前有"老梅关",玄关特大,回廊四绕;中间是"诗仙堂",向南采光,是隐士读书的地方;堂上方有一小楼,开轩可眺望秋

好欢喜

山红树，诗思不绝，叫作"猎艺巢"；园林下方筑"啸月楼"，四周没有高树，正可赏月；园中有流泉叫"膏肓泉"，有瀑布叫"洗蒙瀑"，命名都从《左传》《易经》中取来。临池有"跃渊轩""流叶泐"，池旁是香枫秀篁，杂花盛开，叫"百花坞"，小小的园庭里，以文化名目嵌镶出它的风雅。

令我徘徊再三的，倒不是园林中有此十景，而是诗仙堂上供奉着36位中国的诗人。"诗仙"原来不是指园庭的主人——17世纪的日本汉诗大家石川丈山——而是指中国汉晋唐宋的36位诗人，每位诗人都画着肖像，高悬在正堂的楼阁上方，是石川丈山及其诗友们朝夕崇拜的对象，这36位诗仙是：

苏武、陶潜、谢灵运、鲍照、寒山、陈子昂、杜审言、杜甫、孟浩然、岑参、王昌龄、刘长卿、李白、王维、高适、韦应物、储光羲、韩愈、柳宗元、刘禹锡、白居易、李贺、杜牧、李商隐、卢仝、灵澈、林逋、梅尧臣、欧阳修、邵雍、苏轼、黄庭坚、陈师道、陈与义、苏舜钦、杨万里。

选定这36位诗人，据说是经过许多日本的"歌仙"诗友共同的意见，不但唐诗与宋诗并重，而且像唐诗三百首中不选的"鬼才"诗人李贺，日人也早就推重了。每位诗人肖像上端，并各载代表作一首，如白居易就选了他的王昭君诗。

在异国的蓬莱岛上，竟有一座如此的古建筑物，在纪念中国的诗人，令我觉得十分亲切与惊讶，也不禁联想起一个古老的故事：

远在白居易的唐代，有一位商客在海上遇到台风，船漂了一个多月，漂到了蓬莱山，看到"门宇耸秀，珍器烂然""玉台翠树，光彩夺目"，细看院宇门廊，皆有名号，有一处竟是"白乐天院"！这位商客后来归国，向浙东观察使李师稷报告，李师稷就把这件奇闻告诉白居易，说在海外仙岛上，早已造好纪念你的仙院了，就等着你去享受啦！白居易听说后，便作了两首诗作为回答：

近有人从海上回，海山深处见楼台。
中有仙龛藏一室，皆言此待乐天来！

吾学空门不学仙，恐君此语是虚传。
海山不是吾归处，归则须归兜率天！

这则像是离奇荒怪的故事，却见载于《诗话总龟》《太平广记》及逸史，而且白居易真的有诗做证，倒不像一般小说的无稽之谈。海岛上有仙龛，纪念着白居易，今日看来，这事果然成真，在白居易生前，有人能料想白氏的盛名合该如此吗？或者果真有"时光隧道"能教人窥见吗？

不过白居易诗里，并不以这项传说为傲，他说自己是学佛的，不学仙，满心喜足，死后的魂灵不该归到仙岛的仙龛去，而应该归到弥勒菩萨的兜率天去才对！

不管白居易身后去了哪里，在日本这个蓬莱三岛上，至今命名为"白乐天"的饮食旅游豪华店，还真不少。当年白居易的《长恨歌》里写的"忽闻海上有仙山，山在虚无缥缈间"竟使日本变成了这座仙山，而杨贵妃居然来了日本，成了这"海上仙山"中的观世音菩萨呢！可以想见白居易的身后，对日本的影响有多大。

然而，我在诗仙堂中，也不可太沉醉，历史的光泽在时间的长流里消退，历史与现实早有了很大的差距，试看泉涌寺旁的杨贵妃观音堂，已成为偏僻的一小角，观光地图上也不标注了。堂前的"贵妃樱"，也成了平凡的一小株。即使诗仙堂里的这36位诗人姓名，在日本人早已不熟悉，几经漫漶重描，孟浩然已成了"孟浩"，"然"字已然夺漏。杨万里的"杨"字已失，"万里"二字也描得不清楚，好像是"苗某"，杨万里还是我猜想的。由此也可以推想中国文化在日本，毕竟是式微啦。但是中国文化中讲信守礼的精神，已融入日本人的生活，而以风花雪月为名的各种雅兴，倒已遍及日本人起居饮食的每一小节中。

由诗仙堂里逗起我遐思的，当然是中国文化问题，汉诗与汉字，尤为我所留心，许多寺庙门前张贴些诗偈之类，毛笔字写得仍很好。难得的是电视第十二台，在晚间7时半的黄金时段，居然播出"汉诗纪行"节目，那天先播杜甫的春夜喜雨诗，画面播出四川成都的杜甫草堂，并以牡丹花装衬每一句诗，江守彻用日语朗读诗句，日本诗调配合了胡琴所奏的新疆民谣，好美好美。

接着又播李白的《静夜思》"床前看月光……举头望山月……"和我国流传的"床前明月光……举头望明月……"并不相同，原来我国俗传的句子，反倒不是古本，是明清人所改，唐诗三百首所采用，而日本播的反倒是李白集的原文呢！台湾电视也播过这首诗，不敢照古本播，怕引来太多电话质询，只好从俗，而日人在这方面节目做得用心，而且在台湾几乎不可能在黄金时段，拿来做古典诗欣赏节目的。

汉字方面，一样搬上电视，NHK电视台，在晚间8时20分，也推出"汉词猜谜"活动，把汉字汉词趣味化，如猜"迷你裙""克林顿"的含义为何之类，表演极为活泼，照样爆笑不停。又有"象形文字"节目，主持者居然是位西洋长相的，将中国文字学通俗化地解释。文字节目中有猜"犇""晶""焱"者，有猜日本字"笹""噺""駅"者，有猜"徒然"一词在日本各地的含义不同者，中文请日人猜，日本字有请中国人猜的，猜着猜着，居然还翻出1603年刊印的《日葡辞典》来做解释的证据，猜对的人请书法家现场挥毫赠"快乐"二字做奖品，如此咬文嚼字、大掉书袋的文化知识节目，竟能在最红的电视台，最黄金的时段播出，其中代表了什么意义？值得吾人深思。

　　诗仙堂的玄关处，还挂着主人石川丈山的"六勿铭"，劝人勿轻视火、勿轻忽贼，心中的怒火或外在的烛火，连带着贼徒，都是该谨慎地看守的。持家最该注意起床要早，进食不必精美，日常习惯要注意勤而俭，时时要注意拂拭整齐。我在抗战年间就听日本人说的格言："看到一点火星，就要当作失火；看到任何陌生人，都要当作小偷。"现在又看到日本人爱整洁，每包垃圾袋都得包扎成礼物状，方正而有棱角，清晨家家扫落叶，落了再扫，扫了又落，几乎没一天会厌倦，也没一天不整洁。饮食方面，最常见的是一二根炸虾，几段烤鳗，与一小撮腌菜与姜片，算是颇为享受的啦，仔细想来，整个日本人的民族习性，几乎在这"六勿铭"中表露无遗，而且拿去身体力行了。

诗仙堂的主人，在壮年时曾做德川家康幕府下的将军，侯靖远教授几次向我说："德川家康，就是日本的曹操。"是个"挟天子以令诸侯"的枭雄，难怪石川丈山无法与他久处，后来退隐于园林，以讲茶道诗艺传名后世，后堂还挂着他写的诗："树荫庥屋宇，岩瀑泻檐端，巨石沿崖峙，清凉涵生寒……"可真有点陶渊明的品味呢！

看京都，想咱们

一　国宝在哪儿？

这次偕内人去日本旅游，不采用随旅行团到处拜码头的方式，而采用在京都定点游览自家玩。京都著名的寺庙与名胜，印在观光图册上的将近500处，但大街小巷，几乎处处有寺社，处处有史迹，据在京都任教十余年的侯靖远教授估计，寺社胜迹可达2000处。各处庭园郁秀，巨木参天，风铃宝殿，古趣盎然，使整个京都市沉浸在浓郁佛教神道的氛围中，从亭阁高处去眺望，想象当年"南朝四百八十寺，多少楼台烟雨中"的中国古都景物，真有些神似。

我在京都，自然以看古寺神社为主，留心古寺中的"主要国宝"，二条城中的障壁画、永观堂中的金铜莲花文磬、平等院里的木造佛像，日人列为国宝，这些倒不是我所关心的，我最留心的是唐朝宋朝，有许多日本和尚来中国，抄回去不少唐宋人的诗文卷子，究竟有多少？

例如日本抄本的白居易诗，内容就和现今中国流传的有出入，经过平冈武夫、花房英树两位教授的研究，日本抄本大有妙处，值得研究者重视。

顺着地图去参观古寺，知道各种名宝古抄，早不在原寺里存放，大都寄放在京都国立博物馆，有的古抄本已印出，如大阪美术馆就有部分复印件，其中有一张抄了孟浩然等诗篇的"唐诗选"，至今还没人研究，正好取回来作为我下一步要做的研究资料。

偶然触目所见，日本古建筑中，只见"松竹梅"岁寒三友的图案，却不见"梅兰竹菊"四君子的图案，由此也许可以旁证二者流行年代的早晚，岁寒三友流行于南宋，四君子在南宋还不流行吧？

京都即将要庆祝建市1200年，是一个将古典与现代融合得很调和的都市，当走进小巷的民宅，颇有回到1950年初来台湾时的景况，榻榻米的小房间，纸门与木格窗，极小的天井也不忘石块花树的妆点。但地下商场地下铁道极普遍，铁道竟有三家，交通商业早就极为现代化。

我很佩服京都民众的共识，大半的建筑甘心守着古老的形式，而不肯翻造改建，大家能以维护古都风貌而骄傲，在咱们中国，这能做得到吗？1月4日又将有古代的踢足球"蹴鞠"赛，1月15日又有新成年女性的射箭赛，我来不及观看了，不知其中存有多少中国古礼的影子？试想中国若能把古礼研究保存，维护几座大城做古文化橱窗，像京都一样，光凭观光收入，就远胜商场与工厂了。

二　为松请命

京都多松，松在京都是备受呵护的植物，有的横出的松枝下，护着托架；有的古老的巨干上，缠着护衣。这些松大抵已几百上千年，青翠挺拔，无言地俯视着历史的沧桑。在枫叶满山的秋景，红枫绿松，松的衬映不可少；在樱花满堤的春景，丹樱翠松，松的衬映仍不可少，京都人以园庭观光为全市的生计，对古松的爱护照顾如同宠物。

近三年来，松的萎死，像是世界性的瘟疫。我家爱庐有一株小松，叶黄枯萎。半年前隔邻老唐门前的巨松，还在向朋友吹牛说："从前大陆上的火柴盒上，印着一株华山松，就像门前这棵巨松的姿势。"可怜现在叶梢发黄阴黑，变色后已经奄奄一息。一位喜欢驾车游山的朋友对我说："金山青年活动中心的后山上，松树已一排排死亡。北投公墓附近，松树也一排排死亡。"更有一位从安徽黄山畅游回来的朋友说："黄山以奇松著名，但松树也流行着死亡病。"台湾与大陆的松，正受病虫传染的袭击，至今没听说哪位森林专家站出来呼吁救难，为什么呢？

京都的古松，每株都是价值连城的"文化财"，我留意观察，没见一株枯死病变的，是病虫没传来日本？还是日本早有了预防之道？我虽不懂，却很热心地留意着这个问题。

后来一位住在宇治的丛宏树先生请我们在宇治川边进餐，餐罢沿着川边散步，忽然见到川边数百株松树，株株的根干上方，都像衔着六七个奶嘴，仔细一看，都插着三角形果汁盒样的针剂，在打点滴呢！请眼尖一些的朋友细看这纸盒上的药名为"メネデル"，这种树干注入液，是根芽的营养剂？抑或病虫预防针？我不懂，但我必须赶快记下来报道，为国内的松树请命，救救国内的松树吧！

（本文发表于五年前，引起广大注意，但松树依然一一为黑松线虫蛀死，束手无策。）

三　出版风尚

京都的淳久堂书店，共有五层，是较有规模的书店，图书分类后分层展列，第二层为历史地理，一进门显眼处，就是讨论韩国与中国的书，日本人对韩国的兴趣，远胜于中国，这可以从出版品的多寡窥知一二，讨论中国政治现状的书有二三十种，有心人批评台湾的书也有四种，称赞台湾的只有一种，那就是邵玉铭先生所写，由日人翻译的那一本。台湾实际上已有长足的进步，但宣传真是有待加强。

一楼是畅销书的天地，杂志的多样化，是日本出版界引以为傲的，但自从去年年底开始，日本泡沫经济崩溃以来，企业削减预算，广告遽减，使大前年一年间创刊的160种杂志，相继宣布停刊，其中著名的男性杂志，在今年秋天，就停了数种。

一楼几乎充斥着女性读物，教女性"如何自处"的书最为热门，女性从20岁开始，每两岁就各有一本指导书，从26

至30岁,则每岁各有一本指导书,有点像诗经的"摽有梅"诗,一章比一章紧锣密鼓,奇怪,在京都的咖啡室或餐厅,进来饮食的妇女,都是两位女性做伴,抽烟聊天,男性去哪里了?都去柏青哥了吗?是个问题。

由于日本文化界的流行,往往会在数年后牵动台湾文化界的流行,所以可以预想今后数年台湾的出版界,将更是女性的感性读物为主。谈女性人生的话题,仍列风行畅销书的榜首。

女性的时装趣味书之外,就算漫画书的天下,连日本自卫队在国外,国内运去的劳军品,也以漫画书最抢手。在台湾这次"立委"选举中,民进党的要求以漫画家出马,翁大铭的文宣亦以一册漫画集取胜,都似承接了日本文化的脉动,今日的青年都是看电视长大的一代,对画面最亲切,少用脑,多用眼,漫画的要求在视觉上比文字要直接多了。

至于男性杂志,要求政经路线的由于电视报纸的开放,加倍报道,势必没落,男性杂志的内容也将由国家社会,转向为小区家庭或个人,台湾的男性杂志《风尚》还刚起步,与美国联线,或许能平衡一下受日本文化牵引的影响力。

四　美好生活

离开京都的时候，已是12月了，各百货公司都腾出一层来，专做礼品会场，少见多怪的我，发现礼品竟是包装好的鲜鱼、鱼子、面食！这些竟是"发送专柜"的主要货品，顾客填写好送礼的对象，百货公司会在指定日期送达。12月初至25日，是日本的"岁暮"送礼季，平日照顾别人的长辈、上司、房东，都将收到一份感恩礼品，此一礼俗，使年底如过江之鲫的百货公司，更加热闹异常。

打开日本的电视，介绍"岁末祭""音乐祭"……"祭"相当于中国"庙会"的意思，是群体生活中的一个快乐高潮。"祭"之外，正介绍各地旅游、介绍传统歌剧"椿姬"要公演，镜头里一会儿是银树灯花，一会儿是热气球升空，一会儿报道现代的"半导体增产"，一会儿又谈古代的"建筑散步"，为你解说大阪建筑里的日本神话，什么商神素盏鸣孝、工神太玉命……哎，一个国家治理好了，成为世界第一经济强国，人民富足优裕，每天谈谈自然界的美、文化艺术的美、饮食旅游的美、节庆的美、建筑的美、神话的美，美美美，这生活该有多惬意？

当然日本也有政治献金丑闻，也有日本共产党的宣传车在街头演说，也上演一出近代剧"断肠亭日乘"里面出现短胡子的希特勒，也出现原子弹爆炸的蕈状云……不过是些日本人生活中的小点缀，绝无国家认同的危机，所以毫不影响百姓的生计与美梦。且看满街衣着品位高雅的男女，百分之五十以上的白色轿车，辆辆洁净无垢，京都似乎看不到旧车子，连路边停放的脚踏车也整洁如新，这样体面的生活，不正是大家所向往的康乐世界吗？

其实台湾的经济条件也不差，大家原本可以快谈世界旅游，研究食品的美味，谈文说艺，过安定优雅的日子，让台北像京都一样，成为免于恐惧的世界都市，你我都有责任去推动建设它的，不是吗？

南天四奇

　　看厌了人世的纷争倾轧，去细赏一下鸟兽虫鱼的世界如何？从台北直往南方飞，飞了约7000千米，飞到南半球的澳洲、新西兰，那里的山川景色令人称奇，民俗风物令人称羡，珍禽异卉更令人赏心悦目，这次的南天之行中，给我印象最深的，首数禽虫的世界：无翅的萤火虫、彩虹鹦鹉、无尾熊与家族型的企鹅群，成为南天四大奇观。各有不同的娱情趣味。

一　萤火如静僧

在新西兰南北两岛，各有一个地穴，由地下泉水镌裂成通道，通道石壁上倒悬逆生了众多奇形怪状的钟乳石，这种地穴世界各地并不少，稀奇的是地穴中有特殊的生物——无翅的萤火虫——使黝黑的地穴一变而为灿烂的星空，这奇观可能仅有新西兰才有吧？

进入罗吐罗阿附近的萤火地穴，入穴处被谆谆告诫：不准讲话、不准抽烟，更不准镁光灯摄影。据说大声讲话会吓死萤火虫，何况其他污染与科技的骚扰？如此娇弱的生物，难怪只有在人烟稀少的此处才能幸存了。

随着石级回旋而降，穴内常年气温为12摄氏度，美国的呵微地穴常温为11度，深156英尺，这里气温高一度，深度可能浅一些。沿路有微黯的灯火引导，我们先进入黑暗一窟，待瞳孔稍为适应，有人发现洞顶出现一点微弱萤火，用手轻拍同伴，指示光点，萤火忽然熄灭。不久又有人发现洞顶有二点、三点、五六点，一有声息，光点就立即减少，害得大家几乎要屏住呼吸。

洞穴深洼低湿处，微光照射，有千千万万萤火虫的垂丝，像渔翁晒网似的，垂丝长短连绵，配合萤火熠熠，以诱引蚊蚋作为它们的食物。我记起《大戴礼》中秋日八月，有"丹良"进食"白鸟"的记载，"丹良"就是萤火虫的一种，"白鸟"就是"蚊蚋"，蚊蚋有翼，为了好听，就叫作白鸟，看来"萤食蚊蚋"是古人已知道的，然而古人也见过这种吐丝捕蚊的萤火虫吗？引起我的好奇。

洞穴愈走愈深愈下降，萤火就多起来，降到窟穴下的小河边，坐木船在穴中游河，船在洞窟石壁中攀索牵行，哇，长长的洞顶，整片整片，星河灿烂。当萤火密集起来，蓝白色的磷光反而后退得较远，没有萤火的斑斑黑色岩块反而被白光所烘托，明显地向游客垂凸下来，块块黑斑像近身的树影在星月下从头顶移掠过去，石窟成了深林似的，"风动花林生野火，池摇云影度繁星"，传统对萤火形容为"晶荧林际，的烁池中"，场面嫌小嫌弱，而这里的整个河道上空像横着珠彩碎影的银河，不时舷近崖壁，银河群星逼近眉睫，淡淡的蓝光像钻石库，像水晶葡萄串，神奇幽幻，早不是古人以抛残照夜的明珠、点碎秋磷的鬼血所能形容的了。

萤火虫在中国有许多传说，说萤囊可以照书，事实上这洞中数万盏萤火光点，哪里能照书？又说用羊皮裹了萤火，置放路边，可以吓住马蹄不敢向前。用萤火做成丸子佩在身上，使敌人的乱箭都射不中，种种传说，大概都是由于萤火的色幽光幻，才联想成许多无稽之谈吧？

我则想象这些萤火虫，不眠不动，真如琉璃净土中的静修菩萨，头戴光环，一语不发，在石窟幽冥中静坐参修了亿万年。古人也写过萤火是"历落亲人冷，飘零出世轻"，这些出世的静修僧，把自身混同在淡淡的星光里，终身是漫漫长宵，一直过着"入暗室而不欺"的修行生活呢！

二　彩虹"时乐鸟"

鸟不在笼子里，鸥波出没，不易观赏；鸟如真在笼子里，汲汲劳生，也真不足观赏。

在澳洲布里斯班附近，有一座嘉林边鸟园，有许多彩虹鹦鹉，任其在天空自由飞翔，不用笼网，却能时时亲近人群，飞到你手上头上亲一亲，如此赏鸟，人鸟尽欢，也是一奇。

这些鹦鹉，翠衿红嘴之外，胸前都有黄橙红紫各色羽毛，形成一环佩巾似的，所以叫作彩虹鹦鹉，体形娇小，也不学人语，来去敏捷得像燕子，传统那种"鹦鹉才高却累身"的感叹，在这儿是用不上的。

鸟园里其他珍禽不少，有的隐于笼网一角，有的卧于花影深处，但大家顾惜的，反倒是飘扬于云际，往来自由的鹦鹉，对于鸟，每个人都是向往那份"云心潇洒"吧？

鸟园中备有小餐盘，其中放置一些蜜汁的吐司面包碎片，每人手执一盘高举在半空里作为招引，但见一阵风翎过处，飞来了千百只彩羽，发出金铃般的噍噍唧唧声，将人的手臂做暂歇的枝桠，将人的头发做临时的巢穴，一时十鸟在手，五鸟在头，谁都处身于花颈彩毛之中，但闻巧舌慧心，吵聋了耳朵，这幕盘中争食的奇景，使鸟声喧哗就在耳鬓近处，尽管鸟爪钩破了皮肤，鸟粪弄污了衣衫，仍令人惊喜十分。

若有人想轻抚一下鸟身，一鸟惊呼，千鸟振迅而逝。忽然林疏无影，花静无声，久久不见半点踪迹。当然，它不会让人长久失望的，没过一会儿，又像天女散花似的，片片彩色的花瓣，又缤纷万千地撒下人群中来了。

这种经验和《列子》中记载的那位"好鸥者"一样，每天到海上随从千百鸥鸟一同游乐。绝无机心，所以鸥鸟也来亲人。有一天他的父亲要求捉一只回去把玩，鸥鸟便"舞而不下"了。欧美发达国家，对鸟都只有爱心，没有机心，鸽子或海鸥常依人觅食，这里的鹦鹉也不必过"玉锁闲拘束，金笼不自由"的生涯，鸟人同乐，不正是黄山谷希望的"此心期与海鸥盟"的赤子境地吗？

我又想起唐明皇时曾有五色鹦鹉，从南海贡来，或许就是这种彩虹鹦鹉吧？宰相张说依据《异物志》，认定这种南方不同品类的鹦鹉，须在天下太平时才成群出现，故叫作"时乐鸟"，唐代盛世时被视为"圣瑞"呢！想想今日的澳洲新西兰，可说是太平盛世，人民只讲休闲寻乐，处处歌舞升平，难怪这群"时乐鸟"时时飞来寻人作乐。

三　树熊是睡仙

到澳洲去，谁都是准备好热情的胳膊，要抱一抱无尾熊的。无尾熊又叫树熊，桃形的小脸上有棕色的圆眼珠，黑色的方鼻子，两耳招风而且毛茸茸的，有爪而不抓人，全无攻击性，加上动作缓慢，秉性懒散，沉默无声，一副与世无争的样子，教人怜煞。望见它时只顾睡睡睡，永远是睡不够而爱做梦的娇懒模样，真像睡仙，谁不想将睡仙抱一抱？

悉尼墨尔本两地都有树熊保护区，去桉树林中寻找栖息的树熊，也是一乐。而悉尼的野生动物园则特别准许抱着树熊摄影，摄影棚内由三位养护人员各抱一只树熊，真树熊出场时都抱在另一只假树熊的背上，授受给陌生人，就不怕生而有安全感。游览者排队在等候树熊被暖暖地交付到自己虚张的臂弯中来，抱紧那假树熊，呵护着真树熊，那一握一抱，皮毛体温的触摸，有着无比的温馨与满足，飞了7000千米南来的疲倦，就在这场与树熊的约会时倦意全消啦。

养护人员不时将手中的三只树熊，抱进隔壁休息树丛中去替换。树熊照了一阵相，便去休息间里打盹，我偷窥一下休息间里的十几只无尾熊，早把窗外的人潮噔音遗忘在梦外，只只很快便入睡。令我想起《神仙传》里的夏侯隐，在登山渡水时，照样鼻鼾不停，闭目美睡，居然尚能边睡边走，从不蹉跌，因此赢来了"睡仙"的美名。

人中有睡仙，花中有睡荼蘼睡莲，兽中有睡狮与睡树熊。睡狮给人不振作的惋惜，仍赋予入世的狂想。而这睡树熊则给人"心若枯禅，情同止水"的感觉，安分随缘又懒于应付世情，像个淡泊的隐者。人若懒于世情的应对，必然进入"无羡无援，无荣无辱"的出世境地了。

我望着只想睡觉的无尾熊，一言不发，悟出"万言虽万当，不如一默佳"的道理，人间扰扰聒噪何为？不如再睡睡。陆游诗说："春浓日永有佳处，睡味着人如蜜甜。"在八方扰扰之后，谁都会明白只有睡味特别甜如蜜了。想着想着，对树熊油然生出几分羡慕之心，学学树熊，才知道睡狮远不如树熊幸福，狮子太显赫厉害了，显赫厉害其实是一切痛苦与悲哀的来源，让人怕远不如让人爱呀！哪能像树熊一样，省下一生中与人周旋角力的麻烦，欲淡而心虚，根本不明白什么叫作失眠，自然也无须叹息什么"还山古有万千难"了！

走出摄影棚，附近树上都有无尾熊在睡觉，躺卧的枝丫，往往就在伸手可及的地方，它们不惊不畏，我相信树熊的梦里不会是什么十洲三岛、四海五湖，更不会有什么虎啸猿啼，忧谗畏讥。真正的睡仙，可能连个梦也只是一片混沌空白罢了！

四　爱家的企鹅

由澳洲最南端大城墨尔本，再往西100多千米的菲利普港附近，是神仙企鹅的老家。对于这种以南极冰洋为主要活动区的生物，在中国古书中似乎从未提及，所以我觉得新鲜、陌生而好奇。

海上的企鹅外出终日，总是在傍晚6时至8时返回陆上的巢穴来。我们在附近享用了龙虾大餐，等候夕阳西沉，暮霭四起，才踏上海滩去看企鹅。一到海滩，大出意外，原来这里以木板架成曲折漫长的步道，沙滩上一排灯火高悬极亮。

灯下的梯阶上早已坐满了赏鸟的观众，眼尖的指着前面昏黑的浪花中出没的小点点，在频频私语，旁人沿着手指的方向细望，波涛上似有似无，真的浮来了一队队企鹅。

企鹅一上了沙岸，就直立起身子，在水中时是以翼划水、以足为舵的，一到岸上，便以足直立，以尾支撑，先做遥远企望状，所以叫作企鹅。带头的企鹅直立不进，后面的就依序排队，形成一长列，只只引领企望，每一列是同一家庭或家族，行动在一起，相互顾惜戒护着。

一队队企鹅刚上岸，都要观察安全情况很久，待领队者确信岸上的灯火万众，对自身无害，才摆开八字脚，一摆一斜地走过沙滩。岸上的荒草堆里，有许多刚孵出的小企鹅在鸣叫，上岸的企鹅饱衔着鱼虾，赶着回家，准备吐出食物来喂饱小企鹅，每群企鹅都认识哪个草丛是自己温暖的家。

我印象中企鹅比热水瓶高，但这里的企鹅只有汽水瓶大，企鹅的鸣呼声十分特别，仿佛是在吐气时发出"关……关……"声，在吸气时又发出"雎鸠——"声。大企鹅与小企鹅在昏暗中相互寻找时，均以鸣声相呼应，一时沙碛草丛中"关关……雎鸠""关关……雎鸠"的嘘寒问饥声，此起彼落，一家家别后重聚的欢悦，一家家别后思念的倾诉，一家家吐哺喂食的满足，全在这交织的鸣声里，传达了相互爱惜的亲情。

由于供观赏者的木板台廊，正建在企鹅巢穴的草丛之上，而这些比燕子更爱旧巢的企鹅，想返旧巢，必得向人群的看台下走过来，走过脚下的通道，走到咫尺近处，一只只企鹅都走到与我可以交换眼神的地方，确信我们眼神里充满着善意，谁也不喧哗，谁也不准用镁光灯打扰它们团聚的欢畅，满耳的百啭千声，谁不陶醉在"关关雎鸠"的动人诗篇中？

在中国，最感人的鸟该属鸳鸯，"只爱交颈眠，不管旁人妒"，此种比翼双飞的顽强盟誓，教人妒，教人羡。但若以企鹅来比鸳鸯，则更由男女的同梦恋情，化为家庭的慈孝温馨，鸳鸯重情爱，企鹅重伦常，仿佛除了"郎心终不变"的情痴外，又多了"千古夫妇贤"的责任感，一家饱暖欢聚，还羡什么神仙？

想想孔子当时，只看过雎鸠，没看过企鹅，他已经将"多识草木鸟兽之名"与"迩之事父，远之事君"的道理，并举而联通成一事。孔门读诗治学是善于"因小见大"的，常在草木禽虫的微情中，去领悟人生大事。看了企鹅，明白婚约与家庭，并不全属后天法律的产物，在某些高等动物的本性中，应属最合人性的一部分。

大洋洲印象

悉尼的港湾甚美,夜晚隔海看那新建成的澳洲标志——歌剧院,灯光照着这贝壳形又像帆篷顶,港湾夜波尤其美。全世界的港湾数旧金山、香港、悉尼为三美,旧金山湾美在迷雾,香港湾美在船多,悉尼湾美在清新。

悉尼大铁桥,绰号为"大衣架",是20世纪30年代经济大萧条时所建筑,和美国的各州立公园都兴建于1930年前后,如出一辙。大凡民生凋敝、经济萎缩,反而要加紧公共建设的投资,那时失业者众,工资最低,大工程却须在此种关头动工,对国计民生最有利。最早有这种观念的是中国,中国在汉朝初年(前200)时,萧何营造未央宫,乃是特别壮丽的大建筑,就在"天下匈匈,苦战数岁"民不聊生时立即建造的,萧何第一个提出了"天下方未定,故可因遂就宫室"的进步观念,正是参酌时宜,认定民生经济艰困的时代,是投资大规模公共工程的好时机,这观念,欧美发达国家都仿效去了。

澳洲的旧史迹,大都以红砂岩石建成,方今要改建现代建筑时,都喜将旧建物保留一爿红砂岩墙,与新建筑物合在一起,既存史迹原貌,又不妨害现代化步调,传统与现代,在建筑物上表现出融洽与调和。

澳洲街头常见各种彩色海报,蜡烛围以铁丝网,或在海底挖东西,图样新鲜,但细读之下,明白都是同一主题:环保,环保!

悉尼水族馆及附近的野生动物园,都以播音配合环境,成为其特色。例如水族馆中除鲸鱼鲨鱼的鸣声外,善于播沼泽地带秋虫唧唧的夜吟声,倍增原野的气氛。又水族馆利用特制船只下降水底,设于海湾水波之下,较国内"水族箱"式的野柳"海洋世界"进步太多,正宜学习。

澳洲新西兰的厕所都用二重门,既防气味,又雅观。男用小便池,皆用不锈钢板,以最尖端科技的材料产品,用在改进生活中最脏贱又最普及的地方,所谓科技造福人群,此即一例。其抽水马桶放水，分一半或全部两个按钮，可节省用水。新西兰收集烟蒂有特种小箱，上有凹槽，凹槽一按，烟蒂可收入箱中，小箱也以不锈钢制成。

一座废煤矿的运煤车道，改成游客探险处，原本不适合人坐的斜坡，倾斜在52度以上，反成新鲜刺激的经验，"不适合人"反变成"争相一试的快感"，人生趣味，往往如此。

堪培拉首都特设一赌场，赌场警卫对于来客的服装检查颇严格，若不是领带整齐，必须另租领带；若穿牛仔裤，还得另租正式西裤，方允入场。赌场要求"斯文高雅"，难怪生意冷冷清清，清才高嘛，叫作清高，赌要怎样清高呢？

到了南半球，中国大使馆仍坚持"坐北朝南"，反而吃风。北半球愈北愈冷，南半球愈南愈冷，南风变成了"朔风凛冽"，中国的风水学到此全得重写。即使星相学也得重写，在新西兰夜观天象，出现了南十字星，却不见了北斗星。中国人相信"众星拱立"的北斗消失了，星空却依然是星空，领悟到世界上谁也不是少不得的。

大洋洲的花草共1500多种，油加利树又可分成500多种，鸟则有700多种，我最爱看未见过的鱼鸟花卉。有人说：日本人看到鱼，就说色彩很美，欧美发达国家的人看到鱼就说某种鱼珍贵，快要绝种啦。而中国人一看就问好不好吃？就像中国移民的院子里，只喜种可吃的荔枝杧果一样，只在自身利益享用上盘算，日本人已懂得物我之间的欣赏，而欧美发达国家已进入生物的整体考虑。说来惭愧，"万物一体""民胞物与"的思想，还是中国老祖宗几千年前就提出的呢！

新西兰南岛，丛生许多灰黑色的荆棘，长长的刺叉成十字形四出开张，叶子长在棘的柄端，只有棘刺的十分之一长，这长刺短叶，令我想起中国人造的"棘"字真妙，你看那字形不就是十字形长刺四出开张的可怕样子吗？

冰河真的没有倒影吗？是距离太远还是表面不平呢？在冰河旁听到一个凄美的故事：一对夫妇去滑雪，丈夫一不小心，滑入冰河中，冰河每一小时移动一公分，30年后，丈夫的尸体才移到岸边，妻子到岸边认尸时，丈夫依然是30年前冻结的年轻面貌，而妻子却已经老态龙钟啦，老妇对少夫，想到如果一部分的时光会冻结，多可怕？

新西兰极多松树柏树，但未闻纽人崇拜这"后凋于岁寒"的松柏。更没有圣人指出这青青松柏是君子。新西兰的砂碛旷野也多杨柳，但没有历史血汗的灌溉，不能像中国西北有"左公柳"那样，全国到处都是英灵萦绕的圣地，多美的史迹奇谈！一个民族，圣哲的诞生与历史的珍惜，何其重要！

在这遍地牧羊、举国嬉乐的地方，自然没人去注意读书成绩的优劣了。优又怎样？劣又怎样？有智慧学问也无处施展的，即使学会开一家大超市，人口稀少，谁来买呀？

新西兰皇后城的湖水，每15分钟会升降一次，这是世上唯一会呼吸的湖？湖水起伏的原因，有人怀疑是含氧植物所引起，或怀疑是风力所引起，至今原因未明。听在我这学中国文学的人耳里，不免想起《庄子》里"尾闾"之类的名词，湖下有地穴外通泄漏，与别处潮汐相应吧？

新西兰的社会福利不错，每生一个孩子，就发牛奶补助费每月纽币6元，直至16岁。社会福利好一定是抽税重，每年收入在台币40万以下的要纳百分之二十四的税；40万以上的要纳百分之三十三的税，遗产台币百万左右，就得抽税百分之四十五，乖乖，你埋怨台湾社会福利与生活质量不佳吗？你曾经埋怨台湾的税收得太轻吗？

在四季如春的台湾好命呢？还是在四季换花换景的地方好命呢？想来必然是相互羡慕好命吧！

移民纽国，真是好梦。环境优美，风景如画。生活容易，悠闲和乐，生活质量高居世界第四位。但移民来此，乡讯隔阂，非得把国家朝代的兴亡都完全放下，才能生活在天上人间呀！谁知道那是一种洒脱，还是一种深痛？

纽国以产奇异果著名于世，由于与美国所产的成熟季节相反，因此在台湾吃完了美国产，就吃纽国产的，但本年报载纽国经济不景气，全国采奇异果所需工资1500万纽币尚无着落，果农大有任其在产地腐烂的打算，和台湾的柳橙龙眼有时任其腐烂相似，硕果累累，竟是烦恼，宁非怪事？

纽国的国鸟为"奇异鸟"，黄棕色的细毛包成椭圆形，极像奇异果，因而得名。这种鸟只在夜晚活动4小时，其他20小时都在树丛睡觉，与澳洲的无尾熊以睡仙著名相似。奇异鸟有极灵敏的嗅觉，一嗅到人的气味就逃走，人可以指令猎犬将奇异鸟驱赶出来，但出来时往往鸟已死！看看奇异鸟，明白不只是苛政猛于虎，普通的人也一样猛于虎呀！

从新西兰经澳洲，又飞越新加坡回台北，愈飞就愈觉嘈杂拥挤，愈飞就愈觉人多脏乱，愈飞却是赚钱愈容易的地方，古人说"钱神多鄙"，或说"洁与富不并"，一点不错吧？

德国一瞥

欧洲的山川景色，自然以瑞士、奥地利、德国最为秀丽，这一带多山，且经人工整饬，处处如诗如画。一进入德国，望望城市的房屋，一排排大抵是六七层楼一般高，知道这国家极重整体规划，到旅社门阶前，发现连脚踏车的停放，都以水泥砌成前轮嵌入的等距离位置，两辆一组，旁可出入，前后距离都有标准规格，立刻让你感受到这是一个如何有板有眼井然有序的民族！

旅社的钥匙管理，也很特别，大抵分配给旅客一把大钥匙，大钥匙连着圆把手，很厚重，原本插入一个个有电讯管理的匙孔内，大钥匙一取走，孔内插入一把小钥匙，旅客外出时，以大钥匙换出小钥匙，房号就在钥匙上，每个钥孔上尚存放着的钥匙大小，正说明旅客在内或外出，退房时谁未归还钥匙，也是一目了然。大概这种管理方法仍有其优点，一般德国旅社还不想改采最新型的计算机纸刷卡来替代这大小钥匙呢。

我住的旅馆，窗户有铁窗玻璃二重，铁窗关上后仍能通风，但自外面却无法开启，所以铁窗平时可以不用，用后又可以防盗。这令我想起台湾住家的阳台窗户都钉了铁栅，像封闭的鸟笼极为难看，每年火灾，铁栅阻断逃生的路，枉送性命的数以百计，好像这是住户各人自家该负责的事，但为什么没有建筑师替这些必须铁栅防盗的公寓设计一下？官方也可以设计一套铁窗玻璃双重的格式，限令公寓使用？使用后既可防盗，火灾时又可便于逃生，铁栅灵活化，学学德国，救出多少冤魂，不亦善哉？

从这些小事中，给了我相当大的"初到震撼"，不得不对德国人生出几分敬意。以前听说德国人推行器皿的规格化，如一切大小的瓶子，都制成同一瓶颈，以便使用同一规格的瓶盖，一个瓶盖就可以配上任何瓶子，省得多少浪费？现在看来，这种科学的概念仍是德国人的最爱。

且看他们的农村房屋，多以预定尺寸的木板配件所拼成，木板厚度相同，拼成各式的村舍，实在是既省材料，又省人力。

再细看块块木板，都是极为厚重扎实的，木板用原色，也少刨光，质朴鲁钝，又不喜油漆雕花，望着这些粗犷厚重的实心木板，使我想起西周盛世的铜器，也属质朴鲁钝而厚重型的，到了春秋战国，人心浇薄，才喜雕镂精细。大凡一个国家充满着新创开张的原始蓬勃生命力时，建筑及艺术都爱质朴鲁钝；大凡一个国家生命萎弱敛缩时，建筑及艺术才喜欢陶醉到精细唯美的小圈圈里。人生的志业也往往如此，生活内容空洞者，人生理想丧失者，才会奢靡浮华、纸醉金迷。因此，我面对着这么粗犷厚重的木板，已经觉察到这个国民所得已经极高的德国，仍不像其他发达国家那样已到了强弩之末，德国人的生命力仍极旺盛，未来前途还无可限量。

德国人身材高大，年老的德国人仍以硕大挺立的居多，不像日本人，年老时以双膝不良于行者居多，这或许与榻榻米席地盘膝的坐姿，导致足部血液循环不良有关吧？也不像意大利人，年老者以耸肩缩脖驼背者居多，大概意大利人吃牛奶奶酪在欧洲各国中较少吧？德国则人高马大，马乃专选西班牙名马繁殖训练，人则在纳粹时期一度以改良品种为标榜，注重优生学。也或许与德人饮食习惯有关系，德人喜欢拙重大的东西，单看菜单里的德国猪脚，圆蹄大膀，拔刀切食时，大有汉代初年，樊哙冲入鸿门宴中，覆盾于地，拔刀切食生猪肩的壮士气概，生气凛凛，精神焕发，比起后代中国人喜欢炒细肉丝，剁肉屑，烤肉松而言，"德国猪脚"确实显得阳刚粗豪多了！

走入德国的农村山径去，发现大小叉路口，田野的路标——一般国家都视为无关紧要的小事——都以厚实的铜版铸刻而成，牢牢地树立在钢柱上。自某村至某村0.7千米；自某村至某山1.7千米，字字用凹凸的阳文铸出，百年不坏，这种小地方丝毫没有马虎的习气，更显示德国人的乡野基层扎根的工作做得何其牢靠稳实。

走入德国的莽莽森林深处，听到水泉哗响，我按声细寻，却不见水泉滚滚，后来发现水泉藏在地底下，泉声原来是从地下水泥管道传出的，可见森林都经过规划设计，德国的森林面积保持极多，农村更是野花遍地，黄得像油菜花田，红得像海棠盈亩，休闲的河川正在整治，水资源在开发，处处还在向上爬升的样子，国力的厚实及生活质量的维护于此可见一斑。

在德国停留的时间不多，最令我沉思不忍离去的地方，该是慕尼黑的德意志博物馆。世界的自然科学博物馆,当数华盛顿DC的收藏最富最珍贵,多伦多的颇具创意,而慕尼黑的则实验的说明最深入浅出,展示的物品又准许参观者触摸细赏,实是青少年的最佳去处。

单是一个飞机馆,就够让人沉思整日,馆中将自然界的飞行物,由两翼的苍蝇、四翼的蜻蜓,以及植物界四翼旋转飘落的花子飞翔,一一说明其鼓翼时乘风的原理。更有一台鸟翼乘风机,模拟鸟翼上下飞动时,鸟翅骨架变化与空气浮力滑动的情形,十分精致。德国人对自然界是如此注意,而馆中陈列的每架飞机,在翅膀或引擎往往露骨拆开一角,以便于观察,我想德国科技的发达,与这个陈列馆有莫大的关系。

飞机馆中最引起我注意的,是说明飞行器的始祖为风筝,沿廊展示了不少蜈蚣风筝,纸人风筝,蝴蝶型的,龙头型的,连放风筝的摇线器也一并收集齐全,但一看风筝下的说明,都产自日本!由于欧洲人懂得放风筝要晚到1618年,已是中国明朝万历年间的事哩,所以早期的风筝都来自东方。墙上还张贴着"江户砂子年中行事"的"元旦之图",画着日本人元旦放风筝的田野情景,整个陈列看来,观察印象好像飞机的始祖——风筝,是日本人发明的呢!

德国一瞥

我细细观察廊柱黯淡的一角处，记载有风筝的历史年表，在年表的最上方，画了一条线，说公元前1000年，中国已有了风筝。

就这么黯淡的一条线，谁会去注意？豆腐、筷子、毛笔，乃至这里看到的风筝，国际人士都以为是日本发明的了！然而这黯淡的一条线，也让我惭愧了很久，因为德国人知道公元前1000年的周代初期中国就有了风筝，但是像我这样毕生留心中国古典文学的人却还说不出依据在哪里！

我想起先秦的《韩非子》里，曾说墨子做"木鸢"，三年才做成，飞了一天就破败。另外《淮南子》里，曾说鲁班与墨子，均曾做"木鸢"来飞翔。《抱朴子》里，说公输般飞翔"木鸽"，翩翱天际。我只知道周代末期，风筝是发明了，由于纸还没发明，风筝以薄木片来做，叫作木鸢、木鸽，不叫纸鸢、纸鹞。

我倒记起野史里说风筝，说汉朝初年刘邦、项羽争天下，最后是利用风筝建了奇功。项羽会在乌江自刎而不肯回江东去，野史说项羽看到地下的蚂蚁，聚成"项羽死此"四个大字，他不知道是张良先用糖蜜写字，而蚁众自然附集的；项羽又听到天上传来"项羽快死"的呼声，他不知道也是韩信派童子随风筝飞在天上，从天上吼叫的，这文宣战奏

231

了效，项羽才说："天之亡我。"野史纯属趣味，原以为是无稽之谈，但当我读到唐人赵昕的《息灯鹞文》中说："我闻淮阴巧制，事启汉邦，楚歌云上，或云子房，迹其原本，亦蠲被之所为。"则野史传闻，说风筝在汉初已被应用于军事作战上，自有其来历。而风筝一开始是用作除灾祈福等蠲被用的。况且在《鸿书》里曾说战国时公输般曾做木鸢以窥探宋城中的军事情报，那么大风筝可以载人的冒险举动，恐怕真有可能了。

我又想起元人周达观在《诚斋杂记》里，说汉初韩信约好陈豨一同造反，曾做风筝放到未央宫的上方，以风筝的仰角，以勾股弦的几何学，测量出未央宫各部的远近距离，以便穿凿地道通入宫中各地，这大概也是野史遗说吧？宋代李元的《独异志》中说梁简文帝曾缚纸鸢飞空，向围城外面告急。正史里记载唐代的张佐曾利用纸鸢向围城外的友军求援，唐诗里记载高骈曾在静夜中听到风筝在碧空中奏乐，古代的风筝上，往往喜以薄的藤片或苇叶，绷成弓形，缚在风筝上方，在风中奏响乐音，声闻数里。

在这个挂满了日本风筝的德国飞机馆里，我恨不能将有关中国风筝的资料，一一写在廊柱上，详细说明风筝发明的沿革，样样都远在日本风筝之前，替中国人增加点光彩……

当然，这种想法也仍是消极的、无奈的，我们自己也有自然科学博物馆，我们自己该好好地详加研究，把中国先民的科技思想一一表扬出来，做最正确的说明，那才有用，不是吗？

想着中国古老的风筝，竟是飞机的前身，而中国的冲天炮，又是喷射机火箭的前身。德国在第二次世界大战末期，在奥地利的地下湖中，依据冲天炮原理，实验成功了喷射机，当时的希特勒，在地下湖中发现一种鱼，30天不吃食物，仍能生蹦活跳，立即下令研究，看看这鱼身上究竟有什么特殊的物质，若能将这种物质注射在士兵身上，变成忍饿挨饥仍能作战的士兵，岂不天下无敌？看看德国人留神每一先民游戏的智能及每一生物的特殊功能，不得不佩服德国人寻根究底的实验精神，这博物馆里的飞机原理，居然要从蜻蜓翅膀讲起，不是给治学者"世事洞明皆学问"的最佳启示？

欧游观感

到欧洲去和到中国大陆去，有同样的观感，那就是历史沉积的阴影无处不在。五步一史迹，十步一遗址，唉，实在听烦了某王几世的夺权故事，也恶心处处都与拿破仑有何种关系，一个拿破仑，就笼罩了全欧洲，该是何等无聊的事？姑且去拜访但丁被放逐前的故居，和歌德的铜像合照一张相吧，也或者多赏赏栗子树上的花色，看看老风车前运河里的潮来潮去吧。

英国的西敏寺，原来是3000多位帝王将相及学术政治人物的西方纳骨塔，杰出的文学家亦荟萃于某一墙角，在此能不感到历史沉重且密集的压力？即使是才不世出的罕见人物，到此亦感觉摩肩接踵，仿佛并时而生，热闹非凡。中国人说"神仙是英雄退步"，英雄退一步便被祀奉到庙里做神仙，以寺中气氛而言，也正是如此。中国人又说："人死留名，豹死留皮。"那么西敏寺真像集了3000张豹皮缝成的一件百衲衣呢！

伦敦的绿公园，只见绿草如茵，不见杂花生树，传说曾有女王因嫉妒王夫喜在公园内采花献给其他女友，就下令不准公园内有花，百十年来，绿公园就只见绿涨，不见红肥了！这和中国武则天时命令牡丹明晨开花，园吏急得写诗挂在树上："花应连夜发，莫待晓风吹。"故事虽相反，但女王与花斗，用权力来专断花的命运，至今传为美谈、笑谈，则如出一辙。

英国王室喜欢在皇冠与剑鞘上镶以钻石，后代也就展示着各王冠后冠以为炫耀，其实后代参观者大抵不知道各王各后的政绩得失，与史评如何，只是比比钻石大小，感叹一下钻石的方刚圆柔及其美丽的浮光照人罢了。深受中国文化熏陶的人，往往会想起"沃土之民不才，淫也"这句话，同理推衍，"炫耀珠宝多且大之君无德，贪也"。

伦敦五月的街头，有人穿雪衣大衣，也有人穿短袖，行人穿梭，各得其乐，真不知是穿雪衣的会喊冷，还是穿短袖的会喊热？美国旧金山湾区的特殊气候也常见此景。中国俗谚有"八月二月乱穿衣"的说法，伦敦该称五月吧？旧金山则似乎春秋盛暑皆如此。

伦敦中国城，有一家取名为"缪嫂"的水果蔬菜店，五月正出售一捆捆枸杞的茎芽，极为粗肥，比家乡浙江所吃野生的品种，尤加翠嫩肥硕，手指未掐，柔枝欲断，令我垂涎欲滴，真不知几人会识货？在台湾40年，菜场上偶见一束束枸杞茎芽，叶多而芽瘦，茎硬而无肉，加以刺多而干老，味苦涩而药味重，所以每次向孩子夸示枸杞芽炒食的美味，孩子都瘪嘴不信，现在见此枸杞，能不食指大动？可惜旅游在外，无从烹调，只有巡店再三，顾惜不忍遽去而已。后来到奥地利的维也纳，住在城市俱乐部旅社，这五星级旅社有世界首屈一指的休闲设施，但我的眼光却被庭园四周种植的篱笆树——枸杞——所吸引，奥国人哪里会懂鲜炒枸杞芽的美味？暴殄天物，不免又顾惜再三。

谁都知道海德公园是言论自由的发祥地，公园里人民可自由讲演，除"女王"不可任意污蔑外，其余不禁。但是讲演者须踩在肥皂木箱上，或其他垫高之物上，只要表示不踩在英国土地上，英国政府是管不着的。言论自由诚可贵，后面的规定更可爱。

英国的出租车设计，乘客与司机是前后隔开的，车型头尖而后方宽大，有尊重乘客的含义，仍带有绅士传统的意味在，车多为黑色礼车。一到荷兰，则出租车多为奔驰车，干脆以车种气派骄人啦！

荷兰有1400万人口，却有1200万辆脚踏车，有脚踏车王国之称。各城市农村，为这些无污染噪声且不费能源的车辆，辟建专用道超过一万千米。想我们台湾，摩托车欺压脚踏车，汽车欺压摩托车，联结车又欺压汽车，大逼中，中逼小，道路不曾为弱者设想，至于行人更为众车所欺压，不是被逼到屋檐下，就是必须冒险和车争道，看看荷兰众多的脚踏车道，与法国众多的广场，知道他们充分以人为本位，对行人"行的权利"极尊重。

在国外，不但要防被外国东西考倒，而且要防被中国东西考倒。在比利时，有30年前法国博览会场所留下来的"中国屋"与"日本亭"，转赠给比利时，两栋建筑各具气派与东方风格，形色也颇华丽，已成为东方游客必到的观光点，但是中国馆的正门上方有一个匾额，大书"弓皋在庭"四字，这词汇在中国甚少见，一定考倒所有的东方旅客，不知是哪位先生的杰作，令人望而"生""畏"，弓皋不算一个词汇，皋是虎皮或大鼓，庭前有弓有虎皮，大概意谓有武将

好欢喜

座席在此吧?能说文武之道齐备吗?博览会写这做什么呢?另外在法国巴黎时,走进一家名为"海天"的小吃馆,居然挂着一副对联:"合寿堪四间水府,好神化五北极生。"对仗不工,却僻典连连,搬出水府星、北极星,一派星相堪舆家的说辞,必定把国学博士考倒一大半,朋友要我阐述一下句义,就听见饭馆老板大声说:"挂了三十年,还没遇到一个人懂过!"在海外,胸怀中的中国文化,只能孤芳自赏,久了就钻进牛角尖啦。

　　餐饮实在是文化的镜子,中国人吃饭喜欢围住一张桌子,大家夹中间的菜来吃,和西方人各端一盘,自吃盘中所有,就已经充分表现中国人的"合一观",与西方人的"对立观"不同。至于法国巴黎人用餐,视为生活中享受的高潮,不但喜欢选择临街富有情调处,且一餐细嚼慢咽往往耗时两三小时,毫不在乎。而近年中国人用餐,平均为20分钟,各肴齐出,快速吞下,上菜稍慢,则企颈敲盘者有之,有些载中国人旅行团的西方巴士司机,刚去找个停车位,把车停好,餐馆内的旅行团员早已经用餐完毕,在门外准备登车了,常令巴士司机枵腹傻眼。国人的轻躁无深度、势利无品味、只求填饱肚子而无享乐的美感,只要一顿饭下来,短处莫不暴露无遗。法国人上菜慢,一道菜与下一道菜的中间，有停顿，有空白，不使前后两道菜的滋味混淆，而留有回味的空间，这才谈得上享受。近年来国人心弦绞得太紧，失掉"松"字的舒和意味，一切艺术美感，没有"松"字根本浮现不出来。

假如美国人到台湾旅行，仍坚持只吃生菜色拉、橘子汁。到日本旅行，菜单依然非培根加蛋不可，只吃在家时一模一样的食品，岂不要传为国际笑话？又何必来中国日本旅行呢？饮食是异族间生活情趣融合的机缘，也是旅行中观摩欣赏的享受之一。不幸近年台湾往欧洲的观光客，每餐必光顾中国餐厅，吃台北早已吃腻的食品，仍敌视"生菜色拉"如"吃草"，视鲜橙子汁为"太酸"，这种在食品上固定而缺乏尝试的弹性，正是生活僵化的关卡，以顽固嘲笑来对付异国新奇的味觉，平白减损自身旅游的乐趣，而成为最可嘲笑的蠢货罢了。何不开放心灵，先从开放味觉做起，异国的佳肴美味，此生难逢几回，皆是上帝飨宴的一部分，就像异国的乐音，异国的香味，哪一样不是享受？

看过荷兰的郁金香花海、德国农村一望无际的野花田以及意大利的挨家挨户阳台窗台上花团锦簇的盆栽，来到法国花都巴黎，禁不住叹一声："花都没什么花呀。"一位久住巴黎的朋友接口道："此花非彼花，花都是'花天酒地'的花，是'花心萝卜'的花！"

驰骋在德国的田野上，和法国一样，都没有阡陌分割，所见是大片大片的绿，有时大片的绿又佐以大片的蓝，欧洲大块色彩的田野，易生"绿野仙踪"的联想，和台湾田野阡陌杂树交叉的景物大大不相同，眼界气派也可能由此陶冶。但是一到意大利的公路上，感觉就像回到了台湾，小块农作物多，而台湾的高速公路，连护栏陆桥全是学意大利的，几乎风光一模一样。

在往德国途中，听到两个祖妈级的在怨叹，一个说："现在的年轻人不像话，每次我一讲以前台湾的生活有多苦，我们是怎样苦过来的，家里的年轻人就会很凶地立刻制止：'不要讲！不要讲！'"另一个也有同样的难堪经验，马上附和说："是呀，我要是讲到这些，家里年轻人就翻出白眼来，猛一声：'臭屁！'"

"臭屁"在闽南话里带点"没什么，只爱现"的意思。我静听二人的诉苦，明白现代年轻人都认为眼前的富有是本来应该如此的，没什么稀奇，甚至还认为现在仍不够好，根本不满足，谁要是谈过去的穷，好像一面炫耀自己，一面在嫌年轻人好吃懒做啦，当然不屑听。不久车到了慕尼黑，这两位祖妈和我一同参观慕尼黑的达豪集中营旧址，其中展示了许多纳粹德军杀害犹太人、天主教徒、反抗者的图片，有反吊的，有刀下的，积尸成坑，连十字架也来不及赶着钉，囚犯那蓝条黄棕色的囚衣，历历挂在眼前，其中登记有案的囚徒前后共20万人以上，血淋淋的苦难镜头……两位祖妈级的观光客，毫无耐心地早走出营外，坐在地上抱怨导游竟带到这种地方参观，真太无聊。我忽然明白，这些"无聊"的抱怨，不就和年轻人回敬的那句"不要讲""臭屁"一样，不屑回顾历史，分明都是自己身教出来的嘛！

在欧洲各观光点，到处挤满台湾来的观光客，一团未走，一团又来，经济力量的展现，已令外人不容忽视，只可惜文化素质太不整齐，到处教外国人看不起，例如在子弹列车里喜欢脱光脚丫，一面走一面擤鼻涕，又一路上丢下朵朵白卫生纸；观光旅社里嗓门比赛，旁若无人；自助式早餐时，居然一手擎来五个熟鸡蛋；还有在众目睽睽下，手指伸到大盘酸奶酪里蘸一点到嘴中尝尝！买20万元的金表金链不吝啬，但上厕所要收费四元就宁可憋憋尿，要不然就一人丢钱，众人压住厕所门栓，投一次钱上五个人……所受文化教育全反映出来，这些羞耻，让每一个台湾来的都分摊了！

德国科隆的大教堂附近，常发生抢案，被抢者以游客为主，游客以台湾来客被抢最多，台湾来客尤以阿公阿妈级被抢最多。这些被下手的对象，语言不通投诉无门，人生地不熟身上偏多现金，加上金表金链招摇过市，行动习惯又让人看不惯，恐怕这些都是被抢的主因。我想起《易经》上说："负且乘，致寇至。"负就是挑担，乘就是坐车，看起来原该挑担卖菜之辈，却乘坐了镶金嵌玉的高车大马，是唤来强盗的最大引诱力，周代人说的话，到今天放诸四海依然是准绳呢！

维也纳的旅社催人晨起的电话录音带中，先吹一阵口哨，很有创意，真不愧是音乐都市。维也纳的电车司机根本不管乘客投不投车票钱，而秩序井然。再想想瑞士许多城镇根本不用红绿灯，行车秩序反而更佳。意大利的秩序显然不如前两国，但其公交车有六门、七门、八门者，中间两门下车，两端各门上车，在拥挤的台北市公交车，似可采用。

老一辈的中国游客，到了到处是裸男裸女雕像的欧洲，摄影时仍有顾忌不自在，一位老太太率口冲出："没穿衫裤，呒好啦！"这种反应，有人归因于千年来礼教专讲偏枯的道德，压抑了艺术的审美感，所以中国人调侃肉体，不尊重肉体，否定对人体的审美感情。我想除此以外，因为西方美学的基本依据，是导源于人体的比例，所以歌颂美丽的胴体，少男少女，比例尤美。而中国人也可能是受了"合一观"的思维逻辑影响，把艺术中的人物，都看作自己内心延伸的一部分，观赏者自己想穿衣，就不忍心让艺术品裸露；艺术雕塑人物的裸露，竟连观赏者也为之羞惭了。

维也纳的熊布朗皇宫里，陈列着皇后用的马桶，这皇宫建于1750年，时当中国清朝了，可见当时抽水马桶还没发明，现代化总得先从抽水马桶做起，西方的现代化也不是很早的事。宫中画了不少250年前中国人打球、奏乐、演戏等图片，展示了清代人如何赛球，研究体育史的人会视它为宝吧！

意大利威尼斯的道奇宫，对于投诉案件，规定"不收匿名信"，真是德政。反观今天台湾谁要有升迁的信息，有职位的竞争，匿名黑函满天飞，人性丑陋，中外皆然，要看如何防止。

宫中还有一张"天堂图"特别引起我的留神，因为地狱好画，天堂难画，就像荒年好画，升平难画。中国的地狱变相图极出名，刀山油锅奈何桥，鬼怪面目狰狞，而天堂则除了唱歌跳舞吃东西，还能画什么？中国敦煌壁画里的西方净土，也只是池莲朵朵，说法奏乐，伎乐歌舞，飞天散花而已。这天堂图画得极拥挤，极喧哗，极优游。

意大利近年华人抢案频传，原来中国大陆的移民正在此

好欢喜

急剧增多，一本护照反复寄回大陆，可以用十次八次，居留证又大量影印，意大利政府也难以指认，加以意大利人本来很感性而不仔细的，所以温州来人最多，已结成"温州帮"，石块砸饭店的勒索事件已经常有，中国人只会欺侮中国人。同时当地的吉卜赛人结伙行抢，在罗马颇多，专找"下次不会再来"的观光客下手，我在路边等候不到20分钟，警察抓来做笔录的嫌犯就有十来个，都是女人与小孩。

　　意大利还有一点像台湾，那就是沿街常见有人手携"大哥大"，一面走一面对话，这是法德诸国所没见的，悠闲优雅的感觉全给"大哥大"破坏了，意大利人的服装设计、珠宝设计、舞台设计极有名，几乎执世界的牛耳，但设计必须仰仗悠闲，没有悠闲，哪来的思考空间呢？为此不免为意大利人担心。

养老之乡

世界上有"养老之乡"吗？在台湾社会逐年迈向高龄化，银发族渐渐成为选举争夺战中重要筹码的时候，"养老之乡"该是何等响亮而引人瞩目的话题！中国古人早就有一个"养老之城"的梦想，叫作"菟裘邑"，春秋时代鲁隐公就想特别营造菟裘邑来养老。猜想一定有许多适宜老年生活享乐的设计，可惜这养老城还没造好，鲁隐公就在郊祭时被刺客杀死，所以这最古老的养老城，其经营规划如何？后代没有传述，空令"菟裘之所"成为"养老城"的代名词罢了。

但在今天的西方，加拿大的维多利亚城，已经营建为一

好欢喜

个"菟裘邑"的养老之乡。旅游指南上介绍说:"这儿是退休人士的居住地区,处处花木美丽,庭院深邃,帷幕低垂,有如世外桃源……"这几句话勾动了我的心,真想一探这"养老城"的究竟。

就在今年的大年初一,我家从温哥华出发,在沙人旅社门口,就可以搭乘灰线巴士去维多利亚。巴士直开到渡轮上,原来渡轮极大,共分五层,巴士、货柜车、私家车都停在下两层,可容数百辆。巴士司机清点了人数后告诉大家说:"快到温哥华岛时,请一齐再来上车。"我们就下车,坐渡轮内的电梯,到上层去玩。渡轮中有小书店、儿童游乐场、电动玩具区,更有餐点精美的食堂。65岁以上老人是免费乘搭的,一上船就人手一册书,年轻的埋首疾书的也不少,我家则去欣赏海景,享受餐点。

这豪华渡轮一直被数十只白鸥追逐着,在满布岛屿的乔琪亚海峡中行驶,岛上绿树茂密,经冬不凋,峡里水色澄清,波静海晏。岛屿因远近不一而或浓或淡,水色也因远近不同而或明或暗,水道潆洄,绿蓝交错,形成极为柔美的水乡泽国景色。

妻就很有感慨地说:

"什么叫作悠闲?就是百事不须操心!凡是出门要携带

的、要注意的,船上早就样样为你设想好,让你只管尽情放松,这才叫作度假!"

船行十分平稳,90分钟的航程,就在这移动的海浪与山石绿树间航过,抵达了史华茨湾。渡轮像登陆艇一般地打开船头,巴士就直驶上岸,再由夕梨镇的高速公路南下,只见公路旁的隔音墙,用土堤做成,堤上栽满鲜花,单就这一点,大概已是世界上最美、最理想的隔音墙吧?

巴士驶到维多利亚市中心,这市镇完全是英国式的风貌,人行道上不少穿戴着花呢夹克及扁帽的英国味人物,果然以白发苍苍者居多,尽管各国观光客穿梭其间,仍不易冲稀银发族的高比例。

我细看这养老城邑,究竟有什么特点?首先发现十字路口的绿灯时间极长,而路上车速甚缓,都似为老人设计。不像温哥华那样,准许"Walk"的时间很短促,刚走到半途就闪灯出现一只催促快行的手掌。这里绿灯时间可慢步通过,顺向走会播放布谷鸟声,垂直走会播放啾啾鸟声,作为导盲之用,这大概是从日本京都学来,当然也有助于视力不佳的老人。

行人道上如果有水泥陷裂低洼处,即喷红漆为警示,是防老人不慎跌倒吧?

市街上医疗中心比其他城市多，超市上"食物与药品"的标识，也比其他城市醒目。

65岁以上的老人，公交车都免费，公交车每站的间隔很短，司机待老人极有耐心爱心，有的老人一上车就找司机攀谈解闷，司机也以礼相待。对残障者，司机会使轮胎放气，令车门下降。一位残障者上车，车上有四人要让座，如临大事，直到将他的轮椅绑牢为止。老人的住屋及各种参观门票都减免费用，作为优待。我路过一家老人赡养中心，见设备豪华完全像观光大饭店，侍者不少，老人们捉对在大厅灯光里下棋，老人衣冠楚楚，颇有尊严。

公园四周，以高层的公寓为多，公寓中所住都是退休老人，有的无力照顾庭院，就搬进公寓中来，但公寓四周仍遍植鲜花，以适应老年特别对花垂爱的心情，杜甫不就写过老年"爱花即欲死"的自白吗？

维多利亚的市街以花多出名，灯竿上也都吊着两盏大花球，有许多条街樱花盛开，很像桃花源。而市北的布乍得花园，是闻名于世的瑰丽花园，略可媲美荷兰的秋肯忽夫花圃。二月天虽没见花团锦簇，但早开的水仙与红樱已吐露馨香，这儿深冬依然碧草如茵，残雪的白，与早春的黄花紫干，色调极为秀艳。各种杂树的枝梢嫩苞缀满，可以想见一场春的盛装是如何璀璨缤纷了。在花园的玻璃餐厅里一面尝美味，一面赏花赏海，隔绝红尘，饱饫蕊香，像闯进了西王母的蟠桃园，享受这雅致的片刻，真不知身在仙宫何处？

当晚我们住于民宿，女主人琼恩由于随夫曾长住香港，收集了数量可观的东方银器、瓷器与字画，每张床头各布置了一柄大折扇，使她那英式木屋洋溢着东方情调，从女主人的怀旧追忆里，可以体会出当年英国往东方殖民的盛况。民宿的好处，是能体会英式家宅的生活方式，并能接受女主人的早餐招待。我问女主人："这里会变成养老之岛，有什么特别的吸引力呢？"

女主人说："这里阳光充足，全年平均只下三天雪，是加拿大最南端而气候最好的地方，最吸引老年人的是，老年的同事与知心，往往来此，于是呼朋唤友，一呼百应，大伙儿都到这里来养老了。"

听她的解释，我觉得在这儿有多耽几天细细观察的必要。发现这儿的地名街道，乃是收集自美加各地，像柏克莱、尼加拉、圣荷西、密歇根、康奈尔、安大略、多伦多、魁北克……以便老人怀乡及记忆吧？这市镇上有十几座大摩尔，即使食品超市像Safeway，也比我在温哥华西区所见的大二三倍。美加的超市大抵先调查当地的消费能力而设计大

好欢喜

小，有如此大的超市，一定有最富裕的消费群。其中果然蔬果皆上等而新鲜，货色齐全，单是豆腐就有五六种，奶酪更有数十种，蔬菜理好切好，以方便老人。面包将近100种，任君选尝，选面包时以塑料长袋为手套，从特制的方格中转装入袋，很讲究卫生。最特殊的是这超市中还卖热食，现烤的鸡当然热，还见热面食，可能专为老人设计，这是欧美各超市所罕见的。

如此养老之乡，虽然白发处处，也并不是暮气沉沉，缺少活力。由于鲜花遍地，餐馆林立，观光客长年涌到，美景美食，使这个海岛充盈着欢乐的气氛。我家刻意每餐调换不同的口味，这岛上大抵以希腊菜加上意大利菜为主，蔬菜泥糕、蟹虾酱、酸奶酪蚵面、熏鲑鱼面、泰国鸡肉色拉……当然更注意各种名目不同的色拉酱，老人居住于此，尽可以餐餐换一种美食，外加英国式的下午茶极出名，所以茶食点心也很精致。中国老人如来这里，也有"中国城"，中国人惯吃的蔬菜也很多。

接下来两夜，我家住进帝后大饭店，我女乐蕾把这饭店叫作"皇宫"，一进气派的长廊，厅堂陈设都极华丽，又都是以收集东方的桌椅瓷器为标榜。我才明白英国人大量展示东方文物，像展示战利品，当初是在炫耀殖民的事功烜赫，真正的爱好成分并不高,就像今天英法的东方殖民成果日益消退以后,英法政府对于拨款继续研究"敦煌""吐鲁番"的兴趣,早就付之阙如了。

多住几天,才更认识这市镇还有一个极难得的好处,就是市镇四周不远处,高尔夫球场不少,成群壮丽的山景就在岛的西部,一大片原始森林崖壁,与绮丽温暖的海洋,都近在咫尺,所以爱好爬山、钓鱼、租钓艇去捕鳕鲑鳟鲈,都去来便捷,即使内港之中,水族也极多,可以媲美红海。钓螃蟹,挖生蚝,只要自备工具,无不满载而归。坐彩色帆船、乘皮筏、冲浪潜水、骑自行车郊游、滑翔……都能在一天之内尽兴往返。温哥华岛虽有台湾那么大,人口只有50万,乘火车、乘汽车都不拥挤,从从容容,尽你徜徉游玩,再配合古典船节、茶派对、爵士乐庆、十二个花园旅游、烤鲑大会、土风民俗节、草莓节、宠物大展、水陆运动、艺术作品展、说故事大会、手工艺品展览……老人亦不致寂寞,这真是老年人现世的天堂。

大家都知道加拿大的税收负荷极重,但是青壮年期间吃力些,一到65岁后,就一切享福啦,《荀子·成相篇》中说:"治之道,美不老。"美不老就是"美意延年"的意思,举凡医疗保险、饮食起居、安老福利,事事妥善规划,

好欢喜

就落实为"美意延年"的社会福利政策,老人们快乐无忧,自然长生延年,这养老之乡的维多利亚市,大概就是荀子所向往的"美不老"的天下大治境界吧!